大話山海經

—— 顫抖神箭 ——

郭 箏

目次

顛覆想像的東方混種小說

膝關節

實不相瞞，好久沒有讀武俠小說，喔，不對，我讀的不是傳統武俠小說，是武俠＋奇幻＋野史／歷史小說，很難用簡單話語形容《大話山海經》這樣的變種文本。而且短短兩個晚上的閱讀過程全神貫注，就讓我好生美夢的，帶了故事中幾個角色到夢境裡攪和熱鬧了幾番。

精靈妖怪們的身影，歷歷在目的從書本踏入幻覺之中，別擔心，都是有趣的，全因為這書裡幾個精怪特別可愛，如可以三段式變身的櫻桃妖。

本書作者郭箏可是影視圈大前輩（賣座電影《赤壁》、知名電視劇《施公奇案》編劇），十多年不動筆寫小說，一動筆就是火力全開，挑戰難度極高的武俠奇幻類型。而且，不寫則已，一寫就是驚人的七部曲創作。此等澎湃靈感，如同高師到此傳授獨門心法，就看我們這些資質駑鈍的凡人們，可以領教體會幾成。

我知道讀者會有什麼疑問。一定要讀完七冊嗎？我可以跳著看嗎？我該讀哪一冊呢？

倒過來讀，從第七冊讀回第一冊，是可以的嗎？這問題容我後面慢慢回答。

當代創作者很少會一口氣寫完七冊，事實上過往喜歡邊寫邊出版的也不在少數。早期的作者可能會寫完巨作才找出版社，但現在比較少如此了。從某個面向來說，書跟電影一樣，都是產品，這次出版社要接龍式地，分波出版《大話山海經》七冊小說，無疑是另一場陪著作者下的高風險投資，相信原因無他，因為郭箏的史詩創作擺到現在文學出版上，絕對是洛陽珍品。

七冊小說建構出來的奇幻武俠宇宙，到底有沒有比漫威宇宙還驚喜呢？其實能完整設定完七冊小說的架構，並且順利編派情節軸線，這就不是簡單的靈感湧現而已。《大話山海經》系列小說堪稱是東方版的《魔戒》＋《哈利波特》，融合我們習慣的武俠森林，七冊既可以分別閱讀，當然更有本事的讀者能七冊貫通，讀出千年經典《山海經》所蘊藏的種種妖仙鬼怪跟俠義人士大鬥法的樂趣。

《山海經》可以說是華人世界中許多奇幻創作的起點，舉凡我們從小就耳熟能詳的：夸父追日、女媧補天、后羿射日、黃帝大戰蚩尤，以及大禹治水等。這些你我都熟悉的兒時記憶，幾乎人人都能說上幾句。但，真的是說上幾句後就結束了。

郭箏把這些孩提記憶公約數擴增成篇幅相當遼闊的系列故事。例如第二冊《大話山海經：顫抖神箭》，寫的是后羿射日。后羿是如何射下九個太陽呢？他靠的是天生神

六

力？還是奇弓響箭呢？等等，真有后羿此人嗎？其間有幾分鄉野傳說、幾分真實可靠歷史呢？第二部既然書名就叫《大話山海經：顫抖神箭》，想必跟這曠野兵器有所關聯。

但，趣味就在這了。其實我剛開始讀的時候完全沒注意第二冊標題叫啥，一路讀到接近中段時，書名上的主角才隱約現身，而且故事情節還逆轉大爆炸，不得不說，郭箏大概也懂這些年讀者觀眾對影視作品的口味愈來愈重。

《大話山海經：顫抖神箭》的結局可真是讓人始料未及，而且神箭是怎麼個顫抖法？讀到這段真是忍不住嘖嘖稱奇，郭箏到底是如何想像出這麼詭異的一招斃命手法？而且若真拍成電影，這段情節怎麼百分百轉化成影像而不會讓人匪夷所思，還能帶點荒謬與震撼？

先賣個關子，別急著翻到最後二十頁，你得配合故事眾多角色們的怪奇發展，才能循序漸進，一步一步走入這些角色們的心路歷程，直到最後翻牌的ＡＣＥ對決，才驚覺：原來是這樣的呀。

初來乍到，剛開始讀的時候還對出場人物有幾分陌生，率先登場的主角文載道居然是個過目即忘的書呆子，這樣怪異的設定怎麼會是江南二大才子？且話說不都是江南四大才子，《大話山海經》少了兩大，熟悉周星馳電影的讀者可能會說那唐伯虎在哪？

郭箏賦與江南二大才子的形象真是非常噴飯，一個是沒記性的白癡就算了，另一個居然還是個殭屍？整個莫名其妙天馬行空到了極點。

還有「第五公子」這種怪封號，因為該角色俞姦至臉龐俊美，宛若白玉雕琢般，我在閱讀的時候，不知道為何總想起希臘那些神話雕像，俊美身形與清亮嗓音，加上足智多謀，這個角色在之後幾冊應會帶給讀者觀眾無限想像力。

《大話山海經》這系列小說有個饒富趣味的閱讀角度，我們慣常認定的主角，在這齣戲裡似乎不見得成立。故事以多角色同時進行，這一章的配角，可能是下一大段落的主角。我們印象中的俠士劍客，習以為常的瀟灑型男，未必等同大力神人，所謂的命定主角，在這故事裡不斷被翻轉重洗，顛覆我們過往既定角度。反之亦然，你以為的惡霸蛇蠍，未必只是那麼單薄的一面見解。

《大話山海經》是近年難得一見的混種小說。既有你我熟悉的傳統神話元素，也有幾個角色是從歷史人物後代添加想像力而生；以武俠當骨幹，能見郭箏的筆鋒文采，遣詞用字雕琢講究，赫見角色精、氣、神；動作感飽滿，似如一幅幅緩慢的山水潑墨畫，動靜之間，就能立刻換頻，切換成速度感十足的飆速影像。

提醒一下，雖然出場角色人物眾多，剛開始可能還會有點混淆，別擔心，很快你就會被這些角色莫名其妙的怪招所折服。對，我說的就是姜無際，一位好色的神捕，絕招

是「你絕對抓不住他」。鬼魅般的虛實身手，他是人嗎？拜託出版社，快點給我後面幾冊讀讀！

• 膝關節：影評人，專欄作家。曾任報社記者多年，目前從事電影工作。著有《這不是一部愛情電影》、《大人的戀愛》等。

神與妖的人間喜劇

《山海經》，知道的人多，讀過的人少。

如今只要是有點神話色彩的故事，都會被冠上「出自《山海經》」。

嫦娥、盤古、青龍、白虎等等等等，一大堆並不出自於《山海經》的野孩子在臺上搔首弄姿；至於那三、四百個親生兒女，武羅、帝江、長乘、勃皇等等等等，反而被人遺忘了。

那些被遺忘的嫡子落難於何方？

一向喜歡收留各路神明的道教，只收留了女媧、祝融、后羿，以及經過整容變造的西王母。

其他的呢？為何沒進收容所？

他們在商、周時代應該是被人廣泛崇拜過的，否則不會留下歷史紀錄。

他們的消失是個謎，好像還沒有人能夠找到答案。

我寫《大話山海經》，非關學術，也無意替崑崙眾神翻案，只是小說。

這一系列小說用的是比較少見的方式，不屬於《哈利波特》、《三劍客》的大河連續式，也不屬於「福爾摩斯」、「楚留香」的單元連續式。

我用的是類似巴爾札克的《人間喜劇》式。

整套小說分成七冊，每一冊都是獨立的故事，主角、配角都不一樣，但他們都會在各冊之中穿梭來去，沒有「領銜主演」、「客串演出」之分。A是第一冊的主角，在第二、三、四冊裡可能變成了配角；一、二、三、四冊中無足輕重的小配角，讀者卻赫然發現他是第五冊的主角，如此或更像真實人生，小配角終有一天會成為大主角。

我希望讀者不要被出版的先後次序所迷惑，因為各個故事互不干犯，順著看是一種感受，跳著看或倒著看可能會是另外一種感受。

能讓大家獲得一些新的閱讀經驗，就算完成了我小小的心願。

主要角色簡介

文載道　少年時曾與同鄉顧寒袖並稱為「江南二大才子」。不小心摔了一跤，把腦袋撞壞了，從此過目即忘。

梳　雲　高麗國王王誦的妹妹。濃眉大眼，紅玉般嘴唇配著白玉般牙齒。性情爽朗仗義。嗜酒如命，志業是喝遍天下美酒。

呂宗布　本名呂財盛，乃并州呂家村人。劍眉星目，鼻樑挺拔，掩不住一身傲氣。出身王屋派，手持太阿雙劍，人稱「劍神」。

項宗羽　本名項財旺，乃項羽後代。外貌溫文，實是打遍天下無敵手的「劍王之王」，手持湛盧劍。項家莊慘遭滅門後，以追殺惡賊為畢生職志。

莫奈何　個性憨厚傻氣的小道士。鍾情於梅如是。曾與櫻桃妖等人征妖除魔。後陰錯陽差成為夏國國師，身擁大夏龍雀刀。

櫻桃妖　七千年道行。本相是身長六寸的小紅人兒，可以化為小丫頭、少婦與粗壯大娘三種人形。覬覦莫奈何童男元陽，一人一妖因朝夕相處而心生微妙情感。

梅如是　美女鑄劍師。外表柔弱，性情堅韌。自幼學習鑄劍，對兵器瞭如指掌，

顧寒袖：被視爲莫邪再世。與表哥顧寒袖自小訂有婚約。熟讀四書五經的著名才子。然時運不濟，進京赴試意外落第。曾出賣靈魂給惡魔，經崑崙之丘一役才重回人類氣息形貌。

劉娥：當今後宮最有權力的嬪妃，位同皇后。曾在街頭擊鼓唱曲爲生

趙百合：夏國公主。聲如洪鐘。傾慕中原文化，立誓非中原郎不嫁。

姜無際：洛陽城總捕頭，號稱「天下第一神捕」。好女色，臉龐英俊卻時而透露著古怪的滄桑神情。

翻山豹：讓人膽寒的強盜頭子。豹頭環眼，一身兇神惡煞之氣。爲「中原五兇」之一。

俞歛至：白冠白袍白履，臉龐像是白玉琢磨出來的。號稱「第五公子」。廣結天下豪傑，門下食客三千。

程宗咬：本名程財興，先祖是唐初程咬金。從小稟賦愚鈍，後無師自通。

芝麻李：鬚髮花白，黃牙零落，身軀矮小。手提爛木棍，人稱「劍怪」。

黎翠：浣熊妖。手指異常靈活。在崑崙之丘一役被斷去左臂，僥倖逃得了性命。西王母在人間第三百零五代嫡傳弟子。一頭亂髮，滿面皺紋，眼神充滿憎惡。

黎青：與妹妹黎翠同爲西王母嫡傳弟子。嗜吃甜食，異常肥胖。飛針劫穴奇準無比。

洛陽有三景：四月牡丹花季、六月拳門大會、天下第一樂師演奏。

新添第四景：鬧妖怪的進財大酒樓。

洛陽又堵轎了。

四月才剛過一半，洛陽的延慶門大街就已經堵了兩百六十一次轎，看來今年勢必會打破去年一整年堵了九百零三次的紀錄！

幾百頂轎子與驢車、騾車、手推車，不分往南、往北的擠在一起，連帶使得相關的街道也全都堵成一團。

大堵轎

時當「宋真宗大中祥符二年」。

文載道一大清早就起了床，要去「洛陽第一名醫」嚴洛王的醫館看病，本來還挺順暢的，但隨著時辰愈晚，就愈走愈堵，竟至於根本走不動了。

文載道倒也不急躁，掀開窗簾，悠哉的望著外面。

前後兩名轎夫早把轎子放下了。前面的名喚老扁的轎夫擦了把汗，搭訕著：「文公子，你真是我碰見過最有耐性的人，從來也不抱怨。」

「抱怨？」文載道微微一怔。「抱怨什麼？」

「昨天也是我們抬你的。昨天堵了兩個時辰，今天又堵，就沒聽你吐出半句惡言。」

「是嗎？」文載道傻笑。「昨天也堵？也是你們抬我的啊？」

後頭的轎夫小歪湊到老扁身邊，悄聲道：「聽說這文公子兩年前摔了一跤，摔壞了腦袋，記性很差，所以昨天的事情，他恐怕早就忘了。」

老扁恍然：「怪不得要去醫館看病。」

這時，旁邊的轎子窗簾一掀，露出一張絕美的臉龐。她年約四十左右，頭戴翠玉釵，身穿一襲淡綠色的夏衣，雍容華貴，氣質高雅。

「請問公子是本地人嗎？」

文載道搖搖頭：「我本籍……我本籍……」忙從懷裡掏出一冊小本子翻了翻。「哦，我是武進縣人。」

小歪悄聲道：「他這腦袋大概醫不好了。」

老扁悄聲道：「沒這麼糟啦，最起碼他還記得自己有本小冊子。」

中年美婦抿嘴一笑：「公子來洛陽多久了？」

「呃……這問題有點……」文載道掐了幾下手指頭，但覺得沒用，便放棄了，爲難的搔著頭皮。「我忘了什麼時候來的？」

中年美婦又淺淺一笑：「我難得出一趟遠門，不想竟被堵在這兒，我們又偏偏堵在一起，也算是有緣了。」

老扁見她的態度和藹親切，便諂笑著鞠了一躬，道：「夫人貴姓？」

「我名叫劉娥。」

「打哪兒來？」

「東京開封。」

「來洛陽看牡丹？」

「是啊，洛陽有三景，不來看看，虛度此生。」

老扁，小歪都是一楞：「洛陽只有兩景──四月的牡丹花季和六月的拳鬥大會，哪來的第三景？」

中年美婦劉娥微一蹙眉：「不是還有『天下第一樂師』的演奏嗎？」

老扁頗爲意外：「崔吹風那小子已經這麼出名了啊？他來洛陽還不到三個月，名聲居然就已經傳到東京去了！」

小歪一驚：「夫人別是想要投宿『進財大酒樓』吧？」

文載道皺眉道：「進財大酒樓？好像在哪兒聽過？」

老扁、小歪一起乾咳一聲：「文公子，您就住在進財大酒樓啊。」

「是哦？怪不得聽著就覺得耳熟。」文載道傻笑。

劉娥追問：「那家酒樓有什麼不好嗎？」

老扁、小歪壓低音量：「那兒兩個多月前才鬧過妖怪，還死了三個旅客呢！」

「好可怕！」劉娥驚嚇的用雙手摀住心窩，睜大春水般的雙瞳。「那可一定要去住住看！」

「唉喲，這世道……怎麼大家全都這麼想？自從發生了鬧妖怪那件事情之後，進財大酒樓天天客滿！」老扁大搖其頭。「夫人，您預先訂好房了吧？」

「當然。」劉娥笑道。「它已經快要變成洛陽第四景啦！」

奪命大酒樓

文載道醫館也不去了，陪著劉娥回到酒樓，可又花了一個時辰。

一進大廳，就見裡面塞滿了客人，一個名叫張小衰的店小二站在最前方，正口沫橫飛的敘述自己兩個多月前碰到妖怪的過程：「那天晚上恐怖的咧！我值班，睡在樓下，到了

半夜，忽然聽見二樓走廊咚隆咚隆的響，奇怪了，什麼事兒呢？我就走了上去，看見一個讀書相公模樣的人四肢著地的趴在地下跳來跳去，像在抓老鼠。」

眾賓客全都仰起頭，看向二樓走廊。「你說的是在哪兒？」

「大家隨我來。」

張小袞帶著大家走上樓梯，劉娥一拉文載道：「我們也去看看。」

眾人上到二樓，張小袞走了幾步，指著前方：「就在那兒！他就趴在那兒抓老鼠。我就問他說：『客倌，您在幹什麼呀？』豈知他馬上就站起身子，朝我走了過來……我

大家都嚇了一跳，趕緊往旁邊躲，生怕那讀書相公現在又出現，把自己給吃了。

張小袞道：「這相公姓顧，本來看起來挺正常的，不料到了晚上卻變了臉……」

劉娥顫抖著問：「他變成了什麼樣子？」

「一張臉青得跟夫人身上的衣裳一樣，眼珠子全是血絲，最可怕的是他那口牙齒，我的娘喂，每一顆都像一根鉤子。」張小袞伸出手指比劃著。「這麼長、這麼彎、亮閃閃的發光哩！他走到我面前，就把嘴巴一齜，『哧』地一下子朝我脖子咬了過來……」

眾人全都驚叫出聲，又退了好幾步，擠成一團。

「我往後一跳，擺出拳架子。」張小袞像模像樣的拉出架式。「我可是正式拜在『形意門』下的弟子，形意拳學了一年多……大家知道形意拳吧？」

有人點頭，有人搖頭。

「這形意拳可屬害了，所謂『太極十年不出門，形意一年打死人』，就是說，如果學太極拳，學了十年還不能出門跟人爭鬥，學形意拳呢，一年就能打死人！」

「這麼霸道？」劉娥睜大了美目。

「當然囉！」張小衰說得更起勁兒了：「我當時就往後一跳，擺出了『迎風貫耳』的架式，喝聲：『你別惹我，我可是練過形意拳的！』換作別人，早就被我的拳威嚇呆了。」

「他有被你鎮住嗎？」大家都問。

「當然沒有！」張小衰自我解嘲的笑了笑。「因為他根本不是人嘛，哪懂形意拳的屬害。倒是我，嚇得屁滾尿流，掉頭就跑，他就在後面緊追不捨，弄得我沒辦法，只好拉開二三七號房，闖了進去……」

張小衰邊說，邊把大家帶到二三七號房前，大家都敬畏的看著那扇木製房門。

「這房裡當時住著什麼人？」有人問。

「他們沒罵你嗎？」另一個人問。

「那夜住著一個姓莫的小道士，睡得昏頭搭腦的，沒理我，但他有個葫蘆，可邪門了！」張小衰說到這裡打了個寒噤，眾人也都跟著牙關打顫。「房裡黑壓壓的，我沒能看清，一腳把那葫蘆踢得在地下滾，哪知葫蘆塞子蹦開，竟然從裡面鑽出了一個兇惡大娘！」

劉娥又顫抖著問：「那葫蘆有多大，怎能裝得下一個人？」

那葫蘆看起來不怎麼樣，破破爛爛的，也沒多大，但是從裡面冒出一股紅煙，那紅煙聚攏來，就變成了一個大娘！」

「那大娘怎生模樣？」有人問。

「漂不漂亮？」另一個人問。

「唉喲，她呀，屁股跟水缸一般大，臂膀比我的大腿還粗兩倍，一張血盆大口，簡直能把我的腦袋吞下去！」張小衰拉直嗓門一聲暴喝：「『你吵什麼吵啊！』她對著我大吼，嚇得我又奪門而出。」

「當然該逃！」眾人都同意張小衰當時的行為。

「可我一跑上走廊，那殭屍一樣的讀書相公又追了過來，我怎麼辦呢？只好拉開對面二三六號的房門，衝了進去⋯⋯」

大家便都望向對面的房門。「這回可沒有嚇人的葫蘆了吧？」

「這個更嚇人！這客人姓燕，我一進去就看見他⋯⋯看見他⋯⋯」張小衰至今餘悸猶存，牙關像兩片胡桃殼兒，搭啦搭啦的直響。「他竟然把自己的腦袋拿了下來，放在臉盆裡洗！」

「什──麼──！」眾人嚇得紛紛遠離二三六號房。「這也太噁心了！」

「後來呢？」劉娥顫抖著追問。

「後來？哪還有什麼後來？」張小衾苦笑。「後來我就嚇暈了。」

等大家稍微鎮定下來之後，有人開始質疑：「這都是你的一面之辭，還有別人看見嗎？」

張小衾這才發現文載道也站在人群裡，便指著他說：「這位文公子已經在敝店住了三個多月，那天晚上他也在這兒！」

大家便都滿懷敬意的把文載道包圍起來。「文公子也看見那些妖怪了嗎？」

「我後來好似有看見什麼……」文載道傻笑。「我……唉，我忘了！」

轎夫老扁、小歪也雜在人叢之中，發話道：「你們別問他這些，他的腦袋壞了，什麼都記不住。」

張小衾又道：「你們若不信，晚上可以去問天下第一樂師崔吹風演奏。」

其實這都是生意經，就是要引誘大家晚上來聽崔吹風演奏。

「你們還有聽說別的吧？」張小衾還不滿足，還要小帳加一。「除了妖怪事件之外，那夜還死了三個房客！」

「哇！」眾人的敬意又被挑逗至最高峰。

「死的那三個都是『括蒼山』來的道士，死得好慘咧！」

「三個道士也鬥不過那些妖怪？」

「不，他們不是被妖怪殺死的。」張小衰壓低音量。「後來又從外面抬進來了一具屍體，你們說是誰？」

「是誰？」

張小衰的聲音更低：「可是知府大人的六姨太呢！」

眾人又嚇呆了。

「這可不能騙人！不信，可以去問我們洛陽的總捕頭姜無際，那天他就在樓下大廳裡辦的案，一個上午就把這四件命案都偵破了！」

劉娥凝目道：「聽說他是『天下第一神捕』？」

「沒錯，天下沒有他破不了的案子！」

「兇手是誰？」又有人問。

「這就有點玄了，當事人都諱莫如深。」這次，張小衰的疑惑倒沒裝假。「到現在為止，都還沒有一個確定的答案。」

大家又想要搶著發問。

張小衰忙一擺手：「各位客倌見諒，我每天都要招待上千名客人，把這故事說上三十

多遍，讓我歇歇吧。」

等人潮散去之後，劉娥悄悄的問張小衾：「你說那三個道士死在哪間房裡？」

張小衾往後一指：「二五七號房。」

「別是我預訂的那一間吧？」劉娥擔憂著。

「您放一百個心，不會啦，那間房就讓剛才那個文公子去住了。」張小衾笑得很可惡。

「掌櫃說，反正他什麼事都記不住，不會在乎這些的。」

忙碌的掌櫃

進財大酒樓的掌櫃名叫邢進財，但他一個月前有急事出遠門，便把掌櫃事務交給了龔美主持。

這龔美倒也奇了，四十多歲的他本來只是洗碗房的領班，來到酒樓任職也還不滿一年，但邢進財馬上就發現他有著絕佳的組織能力與領導魄力，更難得的是，他有著一種洞徹人情世故的老練圓融與豁達。

所以當邢進財匆匆忙忙離開時，就放心的讓他當上了臨時掌櫃，他果然也不負所託。

自從鬧過妖怪之後，酒樓與客棧部的生意都火熱得不得了，而他始終能夠指揮若定、有條不紊，讓客人半點怨言也無。而他臉上的表情就像掛在客房裡的毛巾一樣，永遠整齊

清潔，沒有半點皺褶，總讓人覺得似乎缺少了點什麼？

此刻，等待登記入住的房客排得老長，他沒花多少時間，就一個一個的安排妥當，輪到劉娥的時候，他才罕見的露出一絲絲溫暖的笑容：「貴客的住房已經準備好了，最清靜的甲號大院，五間上房，兩明三暗，有專屬的庭院、水池、假山，環境幽雅，嘈雜不入，希望貴客與隨從們住得愉快。」

原來這劉娥有好幾個隨從，剛才一直跟在她身後，卻沒人發現，顯然經過嚴格的訓練。

看來，這劉娥的派頭不小，她究竟是何來路？

醉鬼俏佳人

文載道忘了日間堵轎之苦，傍晚時分跑去「紅橋街夜市」遛達，又堵了一個半時辰。

說起這文載道可是非同小可之輩，他少年時跟同鄉顧寒袖並稱為「江南二大才子」。

他曾經與顧寒袖比賽背書，一人背一百遍四書五經，以均速取勝。他的均速比顧寒袖快了一分兩秒，但當他背到第九十九遍的時候，不小心摔了一跤，把腦袋撞壞了，變成過目即忘的白癡。

他每次來到夜市，只記得從前在這裡吃過一個什麼很好吃的東西，卻不記得店名與菜名，所以每次都得從第一家開始吃起，往往弄得肚腹鼓脹，連路都走不動。

今晚，他又從第一家店開始吃起，吃了「小鬍子家」的肉醋托胎襯腸、沙魚兩熟，「仁和店」的紫蘇魚、假蛤蜊、夾面子茸割肉，「清眞張」的乳炊羊、鬧廳羊，「張清眞」的虛汁垂絲羊頭、入爐羊，「八仙樓」的鵝鴨排蒸、荔枝腰子、還元腰子，「王三店」的入爐細項蓮花鴨簽、酒炙肚胘，「兔兒爺」的盤兔、炒兔、蔥潑兔，「魯廚」的假野狐、燠鴨、脆筋巴子、「冒江南」的薑蝦、酒蟹……

如此這般的吃到酉時三刻，實在吃不動了，就蹲在清磁河的「小紅橋」下嘔吐，把所有的食物都吐了出來。

好不容易出清存貨，坐倒喘息，但嘔吐之聲仍然沒有停止。

「嗯？我不是沒在吐了嗎？」文載道狐疑半天，才發現原來是有另外一個人趴在河邊嘔吐。

文載道趕忙過去關心：「這位仁兄，你也吃多了嗎？」

那人一抬頭，卻是個大約二十歲的姑娘，濃濃的眉毛壓著大大的眼睛，紅玉般的嘴唇配著白玉般的牙齒，一口酒氣嗆得死人。

「你……這粗漢，會不會……用字遣詞啊？我明明是個女子，你怎麼叫我仁兄？我明明是喝多了，你怎麼說我是吃多了？」

「妳到底喝了多少？」

「我喝了三杯薔薇露、三杯第一江山、一壺藍橋風月，嗯，這酒特好喝⋯⋯然後又喝了一杯思堂春、一杯十洲春、一杯留都春、一杯錦波春、一杯海嶽春、一杯浮玉春，這些什麼春的都不行，太香了⋯⋯然後又喝了三杯銀光、三杯龜峰、三杯清若空、三杯愛山堂、三杯北府兵廚、一壺錯認水，這酒也挺不錯的⋯⋯」

「我光聽著就已經醉了！」文載道苦笑。「妳這麼好酒貪杯，家裡的大人難道都不管妳嗎？」

「誰敢管我？」那姑娘兕巴巴的瞪起大眼睛，但下一刻就痛哭起來。「我爹、我娘都已經過世了⋯⋯」

她哭得翻心挖肺、聲若洪鐘，最後竟抱住文載道猛烈號啕，眼淚鼻涕把文載道的衣服弄得跟丟進河中洗過一樣。

「姑娘，姑娘，節哀順變。」文載道被她攪得手忙腳亂，想把她推開又不是，想替她擦臉又不敢。「人死不能復生，姑娘切莫因此弄壞了自己的身體。」

那姑娘卻又猛地哈哈大笑起來：「身體怎麼弄得壞？你說話真好玩！」伸手捏住文載道的臉頰直勁揉。「你真好玩！真好玩！」

文載道苦笑：「好啦好啦，我好玩，我好玩⋯⋯姑娘貴姓大名？」

「我叫梳雲。」

「妳姓梳？有這個姓嗎？」

「怎麼，不行嗎？我高興姓什麼就姓什麼！」

「是是是，只要姑娘高興就好。」

梳雲一展臂，親熱的搭住了文載道的肩膀，宛若搭住一個熟識三十年的老友：「你是個好人，你叫什麼名字？」

「我叫文載道。」

「嗯，很有學問的樣子。不過，我不喜歡有學問的人，走開！」用力一推，差點把他推到了河裡去，忙又一把抓住。「我開玩笑的啦，哈哈哈！」

文載道真受不了她，正想藉口開溜，忽聽暗處一個粗豪的聲音笑道：「老子最沒學問，姑娘應該會喜歡我的。」

緊接著就走出幾個身穿黑色勁裝的人，領頭之人生得豹頭環眼，毫不掩飾兇神惡煞之氣。

「你們是什麼人？」梳雲傻傻問。

「老子名叫『翻山豹』，他們都是我的手下！」

「哦，原來是一群住在山裡的毛賊，跑來洛陽幹什麼？」

「山裡沒什麼鳥東西，窮得很！」翻山豹話說得挺爽快。「所以我們偶爾會來洛陽一

趟，劫財又劫色！」

文載道大皺其眉：「你們這不是強盜嗎？那我可要叫了！」當真挺起胸膛，清了清喉

嚨，想叫，又暫且打住。「你們真的要搶？我真的要叫了喔！」

翻山豹笑道：「沒關係，你叫。」

文載道便又重振嗓門，剛叫了聲：「來人哪⋯⋯」早被翻山豹一拳打在鼻子上，頓時

金星直冒，倒地不起。

「哇，好兇！」梳雲吐了吐舌頭。「你們要搶什麼？」

翻山豹圓瞪兇睛：「先把錢都拿出來，然後脫光了躺下來，讓老子我爽一爽！」

「好吧，我也沒什麼辦法了。」梳雲打了個酒嗝兒，無奈的伸手入懷，好似想要掏錢。

忽有一人從小紅橋上慢慢走了下來：「翻山豹，你號稱『中原五兇』之一，該當是讓

人膽寒的強盜頭子，怎地幹起這種小毛賊的勾當來了？」

來人年約二十二、三，劍眉星目，鼻樑挺拔，總是緊抿著薄薄的雙唇，似在極力防堵

不經意間就會流瀉出來的傲氣。

翻山豹見他還年輕，便存了點輕視之心：「你是什麼人？敢管老子的閒事？」

那人沉聲道：「在下姓呂，草字宗布。」

劍神與暗神

當今武林中有三大劍客。

「雁蕩山」的「劍王之王」項宗羽、「青城山」的「劍怪」程宗咬，與「王屋山」的「劍神」呂宗布。

呂宗布年紀最輕，成名卻早，他乃并州呂家村人氏，據說全村都是三國驍將呂布的後代。他本名呂財盛，因天資優異，族中長老賜名爲「宗布」，六歲就拜入「王屋派」習劍，得到掌門人賀蘭棲眞的賞識，將鎭派之寶「太阿劍」交給了他，十八歲出道至今，挑翻過「華山派」，橫掃過「伏牛寨」，席捲過「飛龍堡」，未曾有敗績。

翻山豹驚駭尋思：「眞倒楣，怎麼會在這裡碰到這個煞星？」慌忙動著腦筋想要編出一個轉圜的理由。

梳雲根本不知呂宗布是何許人，對著他喊道：「喂，我用不著你幫我，滾遠點！」

呂宗布止不住一楞：「姑娘難道喜歡被人劫財又劫色？」

「怎麼，不行嗎？我就是高興被搶！」

文載道躺在地下流著鼻血，邊自暗忖：「世上怎會有這等之事？這個梳雲姑娘可算得上當代第一奇人了。」

翻山豹笑道：「呂大俠，聽到沒？她是心甘情願的，她喜歡上我了！」

梳雲打了個酒嗝兒，笑道：「我豈止喜歡你，我愛死你了，咱們現在就來個夫妻對拜！」說完，當真把雙手一攏，彎下腰，把脖子一低，一道寒芒從她後頸直射而出，逕奔翻山豹面門。

饒得翻山豹反應神速，險險閃身避過，但他身後的一名小賊就沒這麼好運，被那寒光射入眼窩，慘叫一聲，痛得滿地打滾。

眾人定睛細看，才發現那是一支緊背低頭錐，這種暗器是用機關裝在脖子後面，手一攏、頭一低，啓動機關，便從衣領射出，讓人防不勝防。

梳雲笑道：「咦，你怎麼不跟我拜堂？你若不想跟我成婚，我就要把你踢出家門了哦！」

說著，果眞一抬右腳，又一道冷電射向翻山豹胸口，翻山豹等人都已有了防備，一群鴨子似的亂跳開去。

那短箭釘在橋墩上，深入寸許。

「姑娘好本領，果然不用別人幫忙。」呂宗布笑著行了一禮。「敢問姑娘高姓大名？是何門派？」

梳雲傲然道：「你是『劍神』，我是『暗神』！」

呂宗布一怔。「暗神？」

「就是暗器之神囉！」

文載道已從地下爬起，搗著鼻子道：「暗器之神怎能簡稱爲暗神？不通之至！不通之至！」

文載道傻笑：「其實我的學問早就沒了。」

翻山豹心知今晚決計討不了好，忙道：「兩位這個神的，那個神的，算我們有眼不識泰山，我們其實什麼壞事都沒做，可以走了吧？」

呂宗布眼望梳雲：「這就要看當事人的意思了。」

梳雲又吐了口酒氣，笑道：「想走是可以啦，先跟我磕幾個頭再說！」

翻山豹幾年前與四個結拜兄弟——鬧天鷹、破城虎、裂地熊、出林狼，橫行天下，殺人如麻，號稱「中原五兇」，幾曾受過這等窩囊氣？當下把心一橫，拔出一對豹頭雙鉤⋯⋯

「老子不想惹事，妳卻當我怕事，今日我倒要看看妳究竟有何本領？」

雙鉤齊出，右手鉤挑頸項，左手鉤砍肩膊。

梳雲笑道：「這麼稀鬆的功夫也好拿出來獻醜？」

抖手就是一柄飛刀，直射翻山豹面門。

哪知翻山豹看似粗豪，對敵經驗可是豐富得很，心知這一戰必須快、狠、準，先聲奪

人，才有可能全身而退，所以一出手就用上了必殺之技。他的豹頭雙鉤是一種獨門兵器，全力下砍的時候鉤刃會突然伸長三尺左右，因此他現在使出這一招，右手鉤挑敵頭項，像是攻擊的主力，其實左手鉤才是真正的殺著，這一鉤砍下，鉤刃突地伸長出去，必定會把梳雲右邊半邊的身子全都砍掉！

呂宗布站在旁邊，一直監視著翻山豹的手下，萬萬沒料到局勢竟然變化得這麼快，眼見這一鉤就要劈上梳雲的右肩，想要出手援救，已是不及。

驀然間，一溜黑光閃過，翻山豹的左手鉤就像麵條般的斷成兩截。

眾人眼不及霎，一名鳳眉修目的中年人已站在梳雲身前，手中一柄毫不起眼、純黑色的長劍。

梳雲兀自嘴硬：「喂，我不要你幫忙！你是誰啊？」

中年人淡淡一笑，並不答話，只是緊盯著翻山豹不放。

呂宗布望向中年人手中之劍，面現驚訝之色：「湛盧劍！你是項宗羽？」

此人竟是「雁蕩派」的首席劍士，二十二歲便仗劍行走江湖，大小一百二十九戰未逢敵手的「劍王之王」項宗羽！

莫名其妙的糟老頭兒

項宗羽半偏身子朝呂宗布微微一禮：「呂老弟，咱們總算碰面了。」視線仍沒從翻山豹臉上移開。

這卻讓呂宗布覺得他有意蔑視自己，心中暗怒。

項宗羽慢慢逼向翻山豹：「你的結拜二兄破城虎已經死在崑崙山上，你得到了這個消息嗎？」

「你胡說！」翻山豹一驚。「難道是你殺的？」

「並不是。」項宗羽愈逼愈近。「把你左手的袖子捲起來給我看看。」

翻山豹不知他何意：「你想要幹什麼？」

「捲起來！」項宗羽的語聲雖然平和，但其中透出的堅持比鋼板還要堅硬。「否則我就把你的左臂卸掉！」

翻山豹心想：「今天是怎麼了？大家都壓著我的頭欺負我？不知老子是縱橫天下的混世魔王嗎？」不由得兇性大發，右手鉤倏然由下往上的捲向項宗羽下巴。

但黑芒冷電又一閃，那精鋼打造的鉤兒就紙片似的斷了。

「端的是好劍！」梳雲拍手大笑。

項宗羽踏步上前，一劍直削翻山豹左臂，看樣子真的要把他的整條左手砍掉。

突然，一條人影飛縱過來，一劍刺向項宗羽後背。

項宗羽不得不緊急撤招，回手一劍將來人的劍削斷，才發現那只是一把街上到處都有得賣、小孩子玩的竹劍。

就這麼個小空隙，一個瘦小的老頭兒已守護神似的擋在翻山豹身前。

項宗羽蹙眉不已：「老丈，您幹什麼？」

「我不准你殺他！」

眾人俱皆一怔，暗想：「這小老頭的口氣真不小，竟敢攖劍王之王的劍鋒？」

連翻山豹都呆住了，暗道：「這個糟老頭兒是誰？他幹嘛要救我？」

項宗羽沒有掉以輕心，他與這老頭兒交了一招，雖是完全不成比例的湛盧劍對竹劍，可已探出此人的功力非同小可。

「老丈讓開，別淌這渾水！」

瘦老頭兒毫不退讓：「我不准你殺他！」

項宗羽不願傷到這老人，瞬即還劍入鞘，一掌抓向他前胸，毫不費力的就把他提了起來，往旁邊一送。

不料那老頭兒像塊牛皮糖似的黏在他手掌上，他這一送，沒能把他送走，項宗羽的手一縮，他又跟著回來了，依舊站在原處。

「老丈好本領！」項宗羽不耐煩跟他瞎纏，一拳搗向他右肩。

項宗羽雖以劍法聞名，拳術造詣可也不同凡響，拳鋒如劍、拳勁如雷，拳拳紮實，有若打鐵，再加上掌扣指拿，變化莫測，這一拳之威，足可裂碑碎石。

哪知老頭兒連閃都不閃，被打了個結實，立刻倒飛出去，項宗羽卻覺得這一拳恍如打在一團棉花上，並無著力之處。

翻山豹嚷嚷：「項宗羽，你怎麼毆打老人咧？虧大家還叫你什麼大俠！」

話還沒說完，老頭兒又飛了回來，仍然站在原處。

項宗羽心知碰到了真正的高手，抱拳行了一禮：「尊駕究是何人？」

瘦老頭兒乾咳了一聲，道：「我叫程宗咬。」

劍怪不怪

青城山的「劍怪」程宗咬，竟是這副德性？

眾人這才仔細瞧覷他，年約六十，鬍鬚髮花白，小小的眼睛透出豬般愚笨空洞的眼光，嘴裡剩沒幾顆黃牙，笑起來的時候宛若一間門倒窗塌的老瓦房，整個身軀就像用幾根彎曲的爛竹竿拼湊起來似的。

呂宗布暗裡皺眉：「這樣的人也會名列武林三大劍客之內？未免太可笑了！」

翻山豹則從心底直發寒噤：「武林三大劍客竟然在今夜齊聚一堂，難道都是衝著我來的？」

在場眾人，只有文載道不知好歹，傻笑著問：「你們三位，一個叫項羽，不用說，就是有效法項羽之意；一個名喚呂宗布，當然就是想要傳承呂布了；卻不知老丈為何叫作宗咬？」

程宗咬笑道：「我乃東平縣人氏，據說先祖是唐初猛將程咬金，所以……」

「既如此，怎可叫作宗咬？」文載道猛搖頭。「不通之至！不通之至！」

程咬金字「知節」，若取名為「宗金」或「宗節」，都還勉強說得通，「宗咬」實在不倫不類。

「幾年前，族長要賜我名為這個那個的，我都不要，我就覺得『宗咬』最好聽！」

程宗咬本名程財興，父親是雜貨店老闆，他從小稟賦愚鈍，書念不好、田不會耕、帳也不會算、幹什麼都不行，被族人當成廢物看待，到了四十四歲那年，也不知發了什麼瘋，遠赴青城山去拜師習劍，掌門人「傀儡生」把他轟出去十七次，他仍爬了回來，最後鬧得沒法，只得派他去伙房當個火工道人。

如此這般的經過了十三年，某一天，崆峒派的「四大金剛」拜山挑釁，青城派那時正值青黃不接，門下弟子無人能敵，傀儡生正要親自出馬，卻見程宗咬灰頭塵臉的提著一根

廚房裡的柴火棒跑了過來，二話不說，只用了十招，就讓四大金剛統統趴下了。

這個糟老頭兒竟然在廚房裡無師自通的盡得劍術精髓！

後來，傀儡生想把鎮派之寶「干將」寶劍交給他，他偏不要，總是提著根爛木棍到處亂跑。

追究起來，除了獨戰峒四大金剛之外，他也沒什麼值得誇耀的戰績，但他的名聲仍不脛而走，竟與其他兩個百戰百勝的劍客齊名。

項宗羽皺眉道：「程兄出身名門正派，為何要保護這個殺人不眨眼的江洋大盜？」

程宗咬嘆了口氣道：「我也不想保護他，但我一直記得小時候我爹教過我的一句話──這是我唯一記得的父親的教誨。」雙掌合十，朝天上拜了拜。「願他在天之靈安息，阿彌陀佛。」

梳雲皺眉道：「你有沒有搞錯啊？你是個道士，怎麼唱起佛號來了？」

「唉呀，都一樣啦，我在青城山上也沒修什麼道。」程宗咬傻笑。

文載道皺眉道：「你還沒說你爹的教誨是什麼？」

「他是這麼說的，受人滴水之恩，必當湧泉相報。」

翻山豹也皺眉道：「我有恩於你？我根本不認識你呀！」

「你還記得四年前去過蜀地嗎？」

「嗯……沒錯，有這麼回事。」

「一天我下山採辦物品，在『灌縣』遇見了你們那『出林狼』真中原五兄的大隊人馬，不是我說，你們那『出林狼』真不像話，他跟他的手下居然要搶我買鍋碗瓢盆的錢。」

翻山豹訕笑道：「五弟出林狼確實沒什麼大出息，老是愛幹這種不入流的勾當。」

梳雲哼道：「你又好得到哪裡去？」

翻山豹只得裝作沒聽見。

文載道追問程宗咬：「你一定把他們殺得很慘囉？」

「沒咧。」程宗咬一苦臉。「那時我還不懂什麼劍術、武功，比青城山上的三歲娃兒

還不如！」

眾人都一怔。「四年前還不會武功，現在卻變得如此厲害？」

程宗咬續道：「出林狼的手下搶了我的錢還不夠，還想殺我，這時你走了過來，說……

『不過是個糟老頭兒，殺他幹嘛？沒來由污了你們的刀！』你還記得這件事嗎？」

翻山豹想了半天，實在想不起這碼子事兒，實話實說的唔呶道：「這樣也算救了你一命？也太便宜我了吧！」

「那幾個嘍囉不敢違抗你的命令，便把我一推，一頭撞在地下，暈了過去。」

「如此可惡！」梳雲大叫。「你還感激他？」

「總之，撿回了一條命。嗨，妳不知道那刀架在脖子上有多可怕，嚇得我尿了一褲子！」程宗羽咬苦笑。

「而且，自從那一摔之後，我就像開了竅，只要站在旁邊看著師父帶領師兄弟練劍、練功，我就心領神會，不到一年時間，就把青城劍法統統學全了，而且內力突飛猛進，居然成了青城第一高手！」

文載道心道：「他摔一跤，就開了竅，成了大劍客；我摔一跤，怎麼就變成了白癡？這也未免太沒有天理了！」

報恩與報仇

項宗羽道：「這當然可算是滴水之恩，難道你就要因此一輩子報答他？」

程宗羽咳咳了一聲：「您先說說，您為什麼要殺他？」

項宗羽目注翻山豹：「你還記得，兩年前你們血洗江東項家莊嗎？」

翻山豹一聳肩：「我們屠滅的村子可多了，哪能每一個都記得住？」

程宗羽咬切齒道：「你說得我愈來愈想殺你了！」

翻山豹忙諂笑：「程老爺，滴水之恩，滴水之恩哪！」

呂宗布在旁尋思：「這事兒倒聽掌門人說起過，雁蕩派的掌門『逍遙子』有意栽培項宗羽，把自己的愛女嫁給了他。兩年多前，中原五兇趁著項宗羽不在家裡，入侵項家莊，

把全莊上下殺得十不存一。從那時開始，項宗羽就一直在追殺這五個惡賊。」

他雖同情項宗羽的遭遇，但畢竟不干他的事，只能袖手旁觀。

程宗咬還在那兒為難：「唉，你要報仇，我要報恩，怎麼辦？」自己在心裡鬧了半天，竟朝項宗羽跪下了：「大家都說項大俠辣手仁心，今天看我老兒的薄面，饒了他吧！」

把項宗羽慌得手足無措，連忙將他扶起，嘆口氣道：「老哥哥，我不能讓你難做人，下回等你不在的時候，我再殺他吧。」

「多謝項大俠！」程宗咬想磕頭，項宗羽又忙閃開：「不過，讓我問他兩個問題。」

「問吧。」程宗咬、翻山豹同聲道。

「你們血洗項家莊那天，我的妻子被一個左上臂有龍紋刺青的匪徒先姦後殺！」項宗羽強抑悲憤。「半個月前我查過破城虎的手臂，不是他……」

「也不是我！」翻山豹把兩隻衣袖都捲了起來，果然沒有他所說的刺青。

程宗咬追問：「你可知道，你們那些人之中，誰有這刺青？」

翻山豹想了想：「我們那一大幫子人，有刺青的人不少，我也不搞不清楚誰是龍紋、誰是虎紋。」

翻山豹猛然神情一震。

項宗羽道：「好，再問你第二個問題，你們背後有沒有主使者？」

項宗羽沉聲道：「破城虎臨死前曾說：我們背後還有……還有什麼？」

翻山豹結巴著：「這……這……你殺了我，我也不能說。」

梳雲嚷嚷：「顯然就是有嘛！那幕後的大黑手才是最可惡的，一定要把他抓出來！」

翻山豹哭喪著臉：「我不說！這不能說……」

程宗咬輕輕一拳打在他胸口，翻山豹口中鮮血狂噴，連退了十幾步方才站穩。

「我只救你一次。」程宗咬恨恨道。「你做惡多端，以後就自求多福吧，快滾！」

等到程宗咬、翻山豹都離去之後，劍神呂宗布緩緩走到項宗羽面前：「項大俠，在下有個不情之請──想要領教項大俠的高招。」

他剛才覺得項宗羽有意藐視自己，又因自己來不及救援梳雲，顯得手段稍遜，更激起了他年輕人的血性與傲氣，想要與項宗羽一較高下。

更重要的是，七大劍派每十年都會舉辦一次「磨劍大會」，項宗羽是上一屆的冠軍，贏得了「劍王之王」的頭銜，那時呂宗布還年輕，沒有資格參加，現在既然有了這個難得的機會，豈容輕易放過？

項宗羽暗暗嘆口氣，這是所有成名劍客的無奈：「呂老弟，可否等我辦完正事再說？」

語聲方落，人已在三丈開外，避開了這場有可能是這個世紀最激烈、最璀璨、最偉大的湛盧、太阿雙劍之鬥！

美人如玉劍如虹

進財大酒樓內樂聲正酣，酒客與酒女在天下第一樂師崔吹風烈火也似的旋律之中忘情搖擺。

甚至，一個在廚房後頭洗碗的小丫頭音兒也亂扭一氣，把一堆剛洗好的碗盤全都摔碎在地，被臨時接替襲美的洗碗房領班罵了個臭頭。

這崔吹風的音樂與尋常樂師大不相同，沒有小橋流水、行雲飄雨，全是火辣辣的金鐵交鳴之聲，節奏明快俐落，真個如同大火燃燒、大水沖刷、大地震動。

中年美婦劉娥獨坐一桌，她也興奮極了，隨著節拍扭動身軀，並不停的用筷子敲打碗盤，一副很想加入演奏行列的樣子。

她看見文載道和梳雲走了進來，便招手喚他倆過去：「文公子，瞧這酒樓多火熱，早就客滿了，我們一起坐吧。」

「多謝。」文載道想介紹劉娥與梳雲互相認識。「這位是……呃，忘了！這位是……

呃，也忘了！」

「沒關係，別忘了喝酒就好。」梳雲大剌剌的一屁股坐下，喚來店小二張小衰。「我要一壺藍橋風月、一壺錯認水，你們還有什麼好酒統統各拿三杯來！」

張小衰正要走，又被喚了回來：「記住，帶個『春』字的統統不要！」

緊接著，臨時的大掌櫃龔美親自端了一盤油炸點心過來：「這是本店招待的『永結同心』，希望貴客喜歡！」說時，毛巾般永遠整潔的臉上飄過一絲複雜的表情，雙眼盯著劉娥不放。

劉娥沒來由的臉一紅，望向別處。

那龔美硬是不想離去，劉娥愈發慌亂，恰好崔吹風跑了過來：「夫人剛才的伴奏太棒了，可否上台一起演奏？」

「好啊！」劉娥幾乎是用跳的站起身子，跟隨崔吹風上了台。

崔吹風笑道：「今日在座貴賓，劍客、美女齊聚一堂，在下就演奏一首〈美人如玉劍如虹〉，慶賀今日之盛事！」

文載道舉目四望廳內酒客，心忖：「剛剛才碰到武林三大劍客，難道這裡還有更知名的劍客？」

看來看去，但見大廳的角落裡坐著一位鬚髮皆白的老者，身後站著一名中年弟子；另有一男一女坐在客位相陪，男的年約三十，頗為老練的模樣，女的只有二十左右，朱唇皓齒，明豔照人，眉目之間自有一股逼人英氣。

梳雲也已看見她，用手肘拱了拱文載道：「那姑娘好美呀！」差點把文載道拱得摔下椅子。

台上的崔吹風已一撥琴絃，演奏起來，劉娥則從懷中取出一個韜鼓，隨著節奏拍打應

和。

這種有柄的小鼓又名波浪鼓、貨郎鼓，是一種極其普通單調的樂器，但到了劉娥手中，

這鼓居然有了靈魂，每一敲擊都恰到好處，把崔吹風的旋律襯得更加火辣靈動。

大廳內所有的人都瘋了！

整座大廳就像是一個放在大火爐上的熱油鍋，沸騰到了極點！

熱油鍋裡的每一個人都像一塊辣炒雞丁，在騰騰大火中把自己的肉體燃燒到極致、蹦

躍到天際！

一百一十二歲的老劍客

就在這一片極樂喧囂的氣氛中，呂宗布悶悶不樂的進來了，走向角落裡白髮老者的那

一桌，叫了聲：「師父。」

這老者竟是王屋派的掌門人賀蘭棲真。他今年已經一百一十二歲，身子骨仍硬朗得

很，紅面銀髯，精神矍鑠，三年前還應皇帝之詔入京，受封「宗玄大師」。

呂宗布一坐下，賀蘭棲真便跟他介紹兩個客人：「這位是形意門的大弟子趙鷹，這位

是形意門霍連奇掌門的掌上明珠霍鳴玉姑娘。」

呂宗布被霍鳴玉的美豔震得一呆，血色湧上臉龐。

這時，〈美人如玉劍如虹〉的樂曲已經奏完，崔吹風今夜的工作已了，在大家的掌聲中謝幕離開，意猶未盡的酒客們不得不逐漸散去。

賀蘭棲真笑道：「老夫活了一百多年，從沒聽過這種音樂。」

趙鷹搖頭大嘆：「真是敗壞人心的靡靡之音！」

「不會啊。」賀蘭棲真連聲稱讚。「滿好的，滿好的。」

店小二張小衰現在沒空講述鬧妖怪的故事了，忙得團團轉，他是形意門的弟子，當然招呼他們這一桌最殷勤，一下子送酒、一下子上菜，統統都是「本店奉送的」，不時插個嘴：「大師兄、大小姐，明天會帶賀蘭老神仙去『白馬寺』賞花嗎？」

趙鷹不耐道：「你就是愛說話，忙你自己的去吧。」

霍鳴玉朝著賀蘭棲真欠身一禮：「仙翁此次來到洛陽，家父恰好不在，真是失禮，還望仙翁不要怪罪才好。」她聲若銀鈴，竟跟剛才的琴音一樣好聽。

「聽說霍老弟四年前奪得洛陽拳鬥大會的冠軍之後，就出外雲遊，至今未歸？」

「是……」霍鳴玉、趙鷹都有些欲言又止。

「好好的一個形意門他也不管了，到底在外面遇見了什麼好事？」賀蘭棲真不無打趣的成分。

霍鳴玉、趙鷹更顯難以啓齒。

賀蘭樓真眼見他倆這副怪怪的神情，止不住有點擔心：「賢姪女，如果妳爹碰到了什麼困難，妳儘管開口，我一定幫忙幫到底！」

「仙翁切莫多慮，我爹沒出什麼事。」霍鳴玉覥腆的笑了笑。「他只是⋯⋯呃，有點鬼迷了心竅！」

「怎麼說？」

「他是出外尋找后羿神弓！」

賀蘭樓真當下連連點頭：「我懂了，既然提起這個傳說，別說他，連我都有點鬼迷心竅呢！」

后羿神弓

梳雲本還跟文載道坐在一起猛喝酒，但她耳尖，一聽到這話，立即端著酒杯、抱著酒壺跑過來。「我能坐在這裡嗎？」

也不管別人同不同意，就大剌剌的坐下了，先朝霍鳴玉一笑：「霍姑娘好美喔！」又朝呂宗布一點頭。「不管怎麼樣，剛才還是謝謝你啦！來，敬你一杯！」又朝文載道招手。

「喂，腦袋壞掉的，也坐過來嘛！」

一桌人被她鬧得啼笑皆非。

梳雲抓住賀蘭棲真的手臂猛搖：「老爺爺，你快說，你也認為后羿神弓是真的嗎？」

賀蘭棲真笑道：「好姑娘，老朽已經一百多歲了，妳不怕把我的骨架子都搖散了嗎？」

梳雲忙鬆手道歉：「我罰一杯！我罰一杯！」

呂宗布道：「妳愛喝，自個兒喝就是了，不用找藉口。」

梳雲哈哈大笑：「老爺爺，你快說嘛！」

賀蘭棲真道：「幾千年來，有關后羿的傳說多如牛毛，其中多所附會穿鑿，不值識者一哂。吾人縱觀各典籍，最古老的《山海經》中〈海外南經〉與〈大荒南經〉都有提到后羿射殺怪物鑿齒一事；〈海內經〉中則記載帝嚳賜彤弓、素繒給后羿，『以扶下國』，也就是說帝嚳把紅色的大弓、白色的羽箭賜給后羿，命令他扶助弱小的諸侯國，替百姓解決困難……」

梳雲性急，忙問：「沒有提到他射日的事情嗎？」

「據傳古本的《山海經》中有此記載，今本卻無此說，究竟如何，老朽不敢妄言。」

霍鳴玉道：「有沒有提及嫦娥奔月一事？」

賀蘭棲真笑道：「這就更是後人胡亂添加的無稽之談了。」

文載道坐在一旁，聽得佩服不已。「此老一百多歲，記性還如此之強，各種典籍倒背

如流，我要能比得上他一根汗毛就好了。」

梳雲一時之間，既似大失所望，又似大爲振奮：「這麼說來，根本沒有后羿射日這件事？」

賀蘭棲眞道：「如今廣爲流傳的后羿射日，都出自於《淮南子》一書，《淮南子》成書於漢朝，當然不比《山海經》中的古老傳說。至於《左傳》中則提到夏朝時有個『有窮氏』的首領名叫后羿，乃一代梟雄，他放逐了夏王太康，取而代之，後來又被自己提拔的權臣寒浞所殺……」

「這個后羿是梟雄。」梳雲不屑的皺皺鼻子。「不是那個英雄后羿。」

「年代也差太遠。」霍鳴玉道。「不可能是同一個人。」

賀蘭棲眞道：「總而言之，撇開後人臆測附會的著作不談，單只綜合《山海經》、《左傳》、《淮南子》這三本古籍所載，后羿至少有三人，一是帝堯時的射官，帝堯派他射日與射殺怪物鑿齒與巨獸封豕；二是帝嚳時的射官，帝嚳賜他弓箭，派他扶助弱小；三是夏朝有窮氏部落的首領，曾經短暫的篡奪夏朝。」

文載道突然傻笑著插嘴：「這『后羿』會不會是古代的一種官名呢？」

眾人全都楞了楞，然後就嫌他胡說八道似的瞪著他。賀蘭棲眞卻猛一拍巴掌：「這位公子挺有見識，確實有這種可能，只要箭射得準，就可名爲『羿』！」

梳雲改容相敬：「沒想到你這壞掉的腦袋裡面還挺有些想法！」

賀蘭棲眞望向霍鳴玉：「但更有一種可能，就是妳爹相信的那一種了。」

「哪一種？」梳雲搶問。

「不知從何時開始，有了一種說法──並不是后羿的箭射得準，而是因爲那把弓！」賀蘭棲眞難得露出誇張的神情。「那是一把神弓，不管是誰得到了那把神弓，便可以百步穿楊，甚至可把太陽射下來。」

梳雲又搶問：「老爺爺，您相信這種說法嗎？」

「唉，小姑娘，如果妳活到我這歲數，妳就會知道──妳根本不知道妳該相信什麼了！」

牡丹花開時

洛陽的牡丹花就是開得比別的地方漂亮。

一團團的花球掛在樹上，彷彿要將世間所有的顏色做出最燦爛的展示，並且明告世人各種色彩應該如何配搭。

文載道與劉娥、梳雲來到白馬寺前，正是遊人最多的時候。

劉娥就像個小女孩，沿著牡丹花徑一路奔跑過去，時時發出讚賞的尖叫。

梳雲則不停搖頭批評：「太豔啦，受不了！太花啦，花得我頭皮發麻！太俏啦，譁眾取寵！」

每一株牡丹前面都立著一塊小牌子，介紹此株的品種，什麼白屋公卿、丹皂流金、海衣泉煙、太真晚妝、胭脂樓倒暈檀心……

文載道一個個細細看去，暗忖：「若能記住三個名字就表示我的腦袋有進步了。」

好不容易繞了一圈，回到寺前廣場，一群人正圍在左側的院牆邊上議論紛紛。

梳雲伸手一指：「喂，那邊又有一個美女！」

文載道轉眼一望，正見一對年輕男女雜在人叢之中，立時歡喜的大叫出聲：「顧兄、梅妹！」

那青年男子正是少年時跟文載道並稱為「江南二大才子」的顧寒袖，女子則是與顧寒袖青梅竹馬、早已互訂終生的梅如是。

說起這顧寒袖自有一段離奇遭遇：去年秋天他進京趕考，原本意料狀元應是囊中之物，卻因為考前喝了碗紅豆湯，進了貢院後就腹瀉不止，九天三場下來，一個字也沒寫，當然鬧了個名落孫山；返鄉途中，又罹患重病，心灰意冷之下，竟把自己的靈魂出賣給惡魔。

魔鬼的代言人芝麻李吸走了他的靈魂、拔去了他的心臟，讓他變成一具到了晚上就要

變臉吃人的「行屍」。（進財大酒樓的店小二衰那夜碰到的殭屍相公就是他。）

梅如是得訊趕來救援，得到天神「刑天」的子孫燕行空、「劍王之王」項宗羽、進財大酒樓的掌櫃邢進財、小道士莫奈何與櫻桃妖的幫助，歷經千辛萬苦，趕到崑崙山大戰群妖，在他的靈魂即將被封印的前一刻，把他救了回來。

現在他一切正常，與梅如是有說有笑，把他救了回來。

梳雲也走了過來，發現人潮聚集在一張告示前，湊近一瞧，上面寫著：「誠徵女性鑄劍師」，署名是「第五公子俞譣至」。

梳雲隨手抓住一個人就問：「第五公子？什麼意思啊？」

「姑娘難道不是中原人氏？連鼎鼎大名的第五公子都不知道？」那人說。「自從戰國四大公子之後，就後繼乏人，這俞公子是唯一能夠與他們相提並論的人，所以號稱有史以來的第五個公子，廣結天下豪傑，門下食客三千，可說是當今天子之下的第一人！」

卻聽那邊顧寒袖道：「如是，我勸妳還是別去應徵了，說到頭來，女子畢竟不能以鑄劍為業啊！」

梳雲又湊了過去：「這位美姑娘是鑄劍師？倒真奇了！」

原來，梅如是從小就對刀劍有狂熱的興趣，打從十三歲起便進入鑄劍坊拜師學藝，現

在已是女性鑄劍師中的佼佼者。

梅如是道：「表哥，鑄劍是我的興趣，不管將來如何，我是決計不會荒廢這志業的。」

顧寒袖皺眉道：「唉，這是從何說起呢？女子的志業應該就是遵守三從四德，成為賢妻良母嘛。」

梅如是悶悶一笑，並不回嘴。

梳雲可忍不住了：「喂，我看你只是想要娶一個幫你洗衣煮飯的黃臉婆吧？」

劉娥也在旁幫腔：「虧你還號稱什麼天下第一才子呢。」

顧寒袖一楞：「這兩位是？」

文載道趕忙介紹：「這位是……呃，那位是……」

劉娥笑道：「你總記不得我們，為何能夠記住他們兩位的名字呢？」

文載道重重一嘆：「反而是幼時的記憶沒有被磨滅，幼時念的書倒還記得許多……」

梳雲哼道：「本大小姐名叫梳雲，我的志業就是喝遍天下美酒，看有誰管得著？如今，女人若想發展自己的志向，就該努力做去，為何一定要屈從於男人之下？」

梅如是聽得連連點頭，顧寒袖為之語塞，只能發出類似「大謬乎也」的聲音。

忽聞人群喧囂聲猛然爆起：「俞公子來了！第五公子來了！」

一頂大轎在百名僕從的簇擁下，宛若浪中樓船般的駛了過來，衝開人群，一直來到梅

如是等人面前才停下，轎門一開，走下一個玉雕似的人兒來。

這第五公子俞�至白衣白冠、白履白袍，一張臉簡直就像用一整塊白玉琢磨出來的一樣，他的聲音更是清亮得宛如玉磬敲擊，一絲雜質也無。

「這位可是梅如是，梅姑娘？」

梅如是楞了楞。她今天上午才到洛陽，怎麼就被他知道了？而且自己也不是什麼名人，為什麼他竟親自前來拜訪？

還未及答言，俞 froxy至又道：「聽說眾位英雄在崑崙山上斬殺了中原五兇之一的破城虎，剛剛返回中原，在下特來迎接。」大約因為根本不信妖魔鬼怪，完全不提他們斬妖除魔之事，只不知他的消息究竟從何得來？

梳雲搶著笑道：「原來你們還有這麼精彩的往事？失敬失敬！昨天晚上我還碰到了翻山豹呢。」

文載道皺眉道：「顧兄，你怎麼變成仗劍除惡的英雄了？」

其實顧寒袖在整個事件之中，一直都是一具行屍，哪裡有參與一絲半毫？只得尷尬的連連咳嗽。

「還有劍王之王項大俠、邢進財大掌櫃與小莫道長呢？」俞 froxy至對此事居然了解得一清二楚。

顧寒袖道：「項兒、邢掌櫃已先行離開，小莫道長剛剛還跟我們在一起，但他碰到了他的師父『提壺道人』，便不知跑到哪裡去了？」

俞燄至望向白馬寺廣闊院區的後方：「我大概知道他去了哪兒。」

渾身都是寶的渾頭小道士

將近一千年前，東漢明帝某夜做夢，夢到一個頭閃白光的金人從西方飛來。

翌日上朝，大臣們認為這是西方的「佛」，漢明帝便派蔡愔等十餘人赴天竺求佛法。

他們走到「大月氏」，就遇見了來自天竺的高僧迦葉摩騰與竺法蘭，於是相偕同行，以白馬馱經，回到當時的京城洛陽。

漢明帝先把他倆安置在招待外賓的「鴻臚寺」，然後在城西的雍門外按照天竺樣式建造了一組建築，為了紀念白馬馱經之功，取名「白馬」，又因他倆曾經暫住於鴻臚寺，便以「寺」字稱之。

從此之後，中原的僧院便泛稱為「寺」。

「白馬寺」成為中原佛教的發源地。

迦葉摩騰與竺法蘭住進白馬寺後，譯出了《四十二章經》，為史上第一部漢文佛經。

白馬寺歷經千年擴建，占地數百頃，廣袤宏偉，誰也不知道它的正後方還有一座小小

的道教廟宇「紫雲觀」，就像一個委屈的小媳婦，只能躲在大娘背後。

卻說與顧寒袖、梅如是同行的十八歲小道士莫奈何，剛才在白馬寺前碰到了師父提壺道人，便一起走向「紫雲觀」。

「師父後來就一直住在這兒？」莫奈何問。

「是啊，也沒其他地方可去。幸虧紫雲觀的方丈『烏有道長』收留，日子過得還挺不錯。」

這對師徒來自括蒼山上的「玉虛宮」，提壺道人其實沒啥本領，靠著招搖撞騙為生，莫奈何就更別提了，十三歲上山修道，五年多來的功用就是被師兄們當成出氣筒。

此刻，莫奈何喜孜孜的從懷裡掏出一塊大印：「師父您看，我現在是『夏國國師』了！」

提壺道人嚇了一大跳：「你別拿這些兒童玩具作耍，這可是殺頭的大罪！」

「唉，您放心，您仔細瞧瞧這大印，貨真價實，童叟無欺！」莫奈何又取下斜揹在背上的寶刀。「您再看看這把刀，這是六百多年前『大夏天王』赫連勃勃親自督造的『大夏龍雀』，刀中至尊呢！」

弄得提壺道人一頭霧水，莫名其妙。

今年年初，這個小渾頭還只會掃地、煮飯、洗衣服，怎麼到了四月，竟然成了渾身都

是寶貝的國師？

他哪裡曉得莫奈何在這三個多月裡的奇遇，比別人十輩子加起來還要多！

他若知莫奈何背上的葫蘆裡還住著一隻由櫻桃變成的妖怪，怕不驚得滿地找牙才怪。

「這幾個月，你究竟去了哪裡？」提壺道人問道。

「我啊，從一下山就碰到了一連串的怪事……」莫奈何吱吱喳喳的說著，不外劍客豪俠、妖魔鬼怪、天神行屍、國王公主、軍閥劇寇、知府捕頭……

提壺道人頭暈腦脹的聽了半日，終於在心中做出結論：「算了！這個人已經瘋了！」

兩人來到紫雲觀前，年約五十的住持烏有道長正在山門外練著不知是何門派的拳法套路，此人倒是長得仙風道骨，慈眉善目。

「道兄早啊。」

「哦？久仰大名，如雷貫耳！」

提壺道人一楞，搞不清楚他是在講客套話，還是當真？

但見觀內人影幢幢，一群江湖漢子正忙著往裡頭搬東西。

「那是些什麼人啊？」提壺道人擔心自己的房間被人占去，匆忙發問。

「是橫州的『七殺門』門主耿天尊帶著門下的十三太保，前來借住。」烏有道長說。

「小徒莫奈何。」烏有道長打著招呼，眼望莫奈何。「這位是……」

「他們要參加六月舉行的洛陽拳鬥大會，所以提壺道人得隄便前來做準備。」

「七殺門？聽著就是個邪惡的門派！」提壺道人得隄便詆譭兩句，免得烏有道長再也不看重自己。

「七殺門之名來自於七殺拳。」烏有道長笑道。「當今天下的拳法，就屬形意拳與七殺拳最強。四年前的第一屆洛陽拳鬥大會，最後的冠軍決戰就是形意門掌門霍連奇對上了七殺門門主耿天尊，雙方打得天昏地暗，最後霍連奇略勝一籌，奪得冠軍。耿天尊門主一直耿耿於懷，誓言今年必要雪恥！」

「唉，我看他們不行啦！」提壺道人再往柴裡添油。

烏有道長笑道：「據說霍連奇這幾年都在外面雲遊，尋找后羿神弓，不會參加這一屆拳鬥大會，形意門由他的女兒和兩名大弟子當家，所以應該不會是耿門主的對手。」

莫奈何聽到什麼「后羿神弓」，心頭一動，正想追問，幾名華衣僕從急匆匆的走來，見了莫奈何倒頭便拜，行了個大禮：「俞公子有請小莫道長至『天下第一莊』一敘！」

提壺道人這可真正的楞住了。「連第五公子都把他當成了座上賓？這個小渾頭還真能混啊！」

天下第一莊

俞家莊的大門前貼著家傳對聯：「綽綽有俞」、「年年有俞」，橫批是「富貴有俞」。

文載道等人被僕從們簇擁著進入不知多深、多大的莊園，屋宇連雲，樓閣林立，花田草木一直延伸到望不見盡頭的地平線。

「安得廣廈千萬間，大庇天下寒士盡歡顏！」顧寒袖不由發出感嘆，嘆完了又覺得不妥。他並非攀炎附勢之徒，本不想來的，那劉娥也好像不願和俞公子打交道，並沒有與眾人同行。

一路上，僕從們介紹著莊園內的各種情形：「本莊有賓客三千多人，分成『天地玄黃宇宙洪荒』八個等級，食衣住行也都各按等級分配。」

顧寒袖哼道：「朝廷命官有九品，你們卻分成八等，好大的派頭！」

一個年長的僕從笑道：「當然要比朝廷少一些些，否則俞公子不就是皇帝啦？」

顧寒袖心中不滿：「這俞公子處處自比帝王，還號稱什麼天下第一莊，我看將來必定沒有好下場！」

梳雲道：「他們吃飯也分成八等？」

「當然。本莊有八個大廚房、一個小廚房，小廚房是公子與貴賓專用的。」

「我們算是貴賓嗎？」

「當然是貴賓。」

「酒分成幾等？」

「也有八個等級。」

「好咧。」梳雲喜道。「可以嘗嘗貴賓等級的好酒了。」

好不容易來到正廳，俞餕至下了大轎，陪同眾人一起走入那無比寬敞的巨大廳堂，已有許多「天」字等級的食客在內等待，看樣子並無飽學鴻儒或江湖豪俠，而都是些工匠之類的人物。

顧寒袖心忖：「這俞公子的識人標準倒挺奇怪。」

莫奈何眼尖，走到一個頭戴氈帽的年輕人面前，把他的帽子一摘，他的額頭上竟然還多長了一隻眼睛。

「你是『奇肱國』的任天翔嘛！」

原來一個月前，莫奈何、梅如是等人在解救顧寒袖的途中，為了要趕到崑崙山，便根據《山海經》的記載，找上了擅於製造飛車的奇肱國。

奇肱國人都生著三隻眼睛，只有一條手臂，這任天翔便是國中飛車造得最好的人。

「你來這兒發展飛車事業，洛陽就不會堵轎啦！」

任天翔怯生生的笑著，似乎還不太適應中原文化。

「這俞公子究竟在打什麼算盤呢？」顧寒袖又止不住暗犯嘀咕。

梅如是論劍

這是一場非常實際的宴會，沒有腐儒的高談闊論，沒有窮酸的吟詩作對，更沒有江湖蠢漢的胡亂吹噓，大家飯來就吃，酒來就喝，一點都不囉唆。

尤其是梳雲，別人的酒才過三巡，她已喝了五、六壺，還在不停大叫：「再換種新的來嘗嘗！」

等到大家都吃飽喝足之後，俞镵至便目注梅如是，道：「在下很想聽聽梅姑娘對王屋、雁蕩、青城三大劍派鎮派之寶的意見？」

梅如是娓娓道來：「先說雁蕩派的湛盧劍，此劍現爲劍王之王項大哥所有。昔年，越王勾踐的父親允常請求一代鑄劍大師歐冶子爲己鑄劍。歐冶子窮其精術，三年後而劍成，共鑄大劍三、小劍二——湛盧、純鈞、勝邪、魚腸、巨闕，其中尤以湛盧爲最。」

「何以見得？」

「湛盧劍通體純黑，乃五金之英、太陽之精，但人主君王若有逆理之謀，此劍即會自行離去……」

梳雲大叫：「真有這麼神嗎？」

「越國後來屢敗於吳國，越王允常的五柄寶劍也散落各處。吳王闔閭得到了湛盧、勝邪、魚腸三劍，但他為君無道，他的女兒病死，他居然坑殺一萬名百姓給其女陪葬，吳人悲怨萬分，湛盧劍便去之如水，行奔過楚。楚國適值昭王在位，一日他從睡夢中醒來，竟看見此劍橫放在枕邊，後人因謂：『去無道以就有道，故湛盧入楚』，所以從此之後，大家都把湛盧當成可以預示國家興亡的仁者之劍！」

一千甲等食客都發出驚嘆之聲。

俞燄至道：「江湖傳言，項宗羽辣手仁心，果然佩得此劍！」

文載道暗想：「梅妹說得這麼多，我反正都記不住，聽了也是白聽。」轉眼望向聽外，一隻烏鴉飛了過來，停在欄杆上，似也在聆聽梅如是的高論。

烏鴉當然是通體皆黑，但這一隻倒奇怪，額頭上生著一塊馬才有的菱形白斑。

又聽梅如是道：「再說王屋派的太阿劍，此劍現在劍神呂宗布手中。當年楚王令風胡子攜重金至吳國，請歐冶子、干將鑄鐵劍，兩人鑿茨山，洩其溪，取鐵英，作鐵劍三枚，一日龍淵，二日太阿，三日工布。後來，晉鄙王想跟楚王索討，楚王當然不給，晉鄙王就興兵包圍楚國國都，三年不退兵，使得楚國糧食缺乏、群臣束手，楚王便手持太阿，登上城樓一揮，敵軍陣中立時三軍破敗，士卒迷惑，流血千里，江水折揚，晉鄙王的頭髮瞬間全白！所以太阿乃是霸王之劍。」

「果真霸道！」

文載道又見廳外來了一隻連脖子都被肥油埋掉了的大胖貓，悄悄掩至欄杆下，貪饞的盯著烏鴉。

這貓也怪，通常只有黑頭白身的貓，這貓卻是白頭黑身，尾巴與四隻腳掌也都是白的。

文載道暗自好笑：「這貓如此臃腫，怎麼抓得到烏鴉？」

梅如是續道：「最後說到青城派的干將。歐冶子有一個女兒，名叫莫邪，她嫁給了干將。後來，吳王闔閭命干將鑄劍，但鐵汁不下，夫妻倆坐困愁城。干將忽然想起當年歐冶子曾經說過，鐵汁不下的時候，就要讓女人擔任爐神，莫邪一聽，毫不猶豫的躍入火中，鐵汁立刻泉湧而出，鑄成了兩把劍，雄劍名曰『干將』，雌劍名曰『莫邪』，後人因此認為這兩柄劍為情人之劍。聽說青城掌門本來想把干將賜給劍怪程宗咬，但他卻不肯用。」

俞燄至神凝雙目，鄭重萬分的道：「在下聽說，舉世最鋒利的劍其實是『莫邪』，不知確也不確？」

梅如是楞了楞：「倒沒聽過這種說法。」

俞燄至笑道：「這就說到重點了，在下近年聽聞此說，所以才想請女子鑄劍，結果可能會很不一樣！」

顧寒袖當即猛搖其頭：「女子鑄劍，大悖聖賢之道，不應為也！」

梅如是心中不以爲然，但只低頭不語。

俞歛至白玉般的臉上閃過一絲不屑之色：「此乃世俗之見，顧公子人中龍鳳，怎麼也會有這種想法？」

顧寒袖還想再加以申說，俞歛至已把臉朝向天字號的甲等眾賓客：「大家也都知道，世俗之見最難糾正，所以今天我也就不多費唇舌了。」毫不著力的一句話，就把顧寒袖撇開到了九霄雲外。

顧寒袖一口氣憋在咽喉，竟爾發不出來。

俞歛至再也不理他，繼續向眾賓客問道：「各位可曾聽說有關后羿神弓與九顆太陽的傳聞？」

梳雲把酒杯一放，叫著：「這我知道！我昨天晚上才聽賀蘭老爺爺……」話還沒說完呢，就「咕咚」一聲把頭撞在桌子上，原來已經喝醉了！

烏鴉、櫻桃與貓

文載道躺在天字等級的客房床上，正想好好的睡上一覺，忽然聽見窗外一隻烏鴉呱呱呱的叫了起來。

文載道睜眼一看，皎潔的月光透入房中，窗紙上映著一根光禿禿的樹枝，似是剛才在

大廳裡看見的那隻烏鴉站在樹枝上直勁叫。

文載道不滿嘀咕：「唉喲，臭烏鴉，去別處叫吧！」

那烏鴉道：「我叫我的，干你啥事？」

「烏鴉怎麼會說話？」文載道嚇了一跳，坐起身來，可又覺得庸人自擾。「大概是隔壁的小莫道士在說夢話吧？」

莫奈何住在文載道左邊的客房內，聲音當然可能傳得過來。

文載道自我消遣了一番，倒頭便睡，窗紙上可又出現一隻圓滾滾的大肥貓，偷偷的爬上樹枝，朝那烏鴉掩襲過去。

文載道幸災樂禍的心想：「快把那烏鴉抓了吃了！」略一思忖之後，又頗覺不忍，仰起上半身叫道：「兀那胖貓，別做傷天害理的事情！」

那貓怒道：「貓抓烏鴉，天經地義，要你管什麼閒事？」

文載道又嚇一跳，繼而心道：「大概是顧兄在說夢話？」

顧寒袖就住在右邊的客房，這一推測當然也合情理。

文載道又想躺下去，忽覺眼睛一花，光禿禿的樹枝上不知何時竟多了一顆碩大無朋的果實，正好橫在烏鴉與肥貓之間。

烏鴉冷哼道：「櫻桃，妳總算出面了！住在莫奈何的葫蘆裡，日子過得可好？」

文載道暗笑。「世上哪有這麼大的櫻桃？那笨烏鴉竟然不認得果子，把西瓜當成了櫻桃。」

那「櫻桃」的剪影映在窗紙上，圓弧形的右邊竟似生了張嘴，開開闔闔的說起話來……「貓妹妹，怎麼愈來愈胖了？」

那肥貓笑道：「這裡有九間廚房，偷吃完一間又偷一間，不知不覺就……嘻嘻，喵喵！」

烏鴉呱呱道：「半個多月前，妳幫著燕行空、項宗羽、莫奈何等人在崑崙山上大殺妖怪，於心何忍？」

文載道再也不能當成是有人在說夢話了，慌忙把頭埋進被窩裡，嚇得渾身發抖。

卻聽那櫻桃道：「兩位今夜不是衝著我來的吧？」

烏鴉呱呱。「但我們仍然看不慣妳為虎作倀！」

櫻桃哈哈大笑：「少跟我來這套！我們妖類是不會互相幫忙的，燕行空他們大殺妖怪，干我屁事？換成你倆，還不是一樣坐在旁邊看熱鬧？」

「話是沒錯。」烏鴉啞啞。「但我們就是想打莫奈何的主意罷了！」

肥貓也道：「妳太不講江湖道義了！」

櫻桃厲聲。「我告訴你們，想都別想，莫奈何可是我的禁臠！」

「烏鴉兄，好久不見，原來躲到這兒來了！」又道：「別借題發揮！你們不過就是想打莫奈何的主意罷了！」

文載道聽得一楞：「禁臠？什麼意思啊？」

原來這櫻桃當年因為生長在樹上的位置絕佳，得以盡量吸收日月精華，七千多年下來，一顆小小的櫻桃竟變成了西瓜般大，並且修得了一些成果，可以化為人形，到處搗蛋做怪。

但她仍嫌不夠，還想多多吸取男子的元陽，以更上一層樓，其中尤以處男的元陽最為滋補寶貴，一個處男可以比得上一百二十五萬個隨意亂噴亂射的爛貨。

後來她碰到了莫奈何，一眼就看出他是個百分之百的處男，當然想盡辦法去勾引他，然而直到今天還未能得手，她只好死死的跟定他，還要千方百計的保護他不受別的妖怪茶毒、不受別的姑娘誘惑。

但她的道行有限，膽子又小，既怕水、又怕火，又怕寶刀寶劍、和尚道士，有時候反而需要莫奈何來保護她。

一人一妖處在一種極其微妙的狀態之中。

肥貓笑道：「櫻桃姐，何必如此，既有雨露，大家均霑嘛，喵喵！」

櫻桃憤怒聲吼：「莫奈何的雨露，每一滴都是我的！」

烏鴉嘰嘰笑：「我說櫻桃姐啊，我看妳到頭來根本白忙一場！」

櫻桃氣道：「你這話什麼意思？」

烏鴉道：「誰不曉得莫奈何真正愛的是梅如是那小姐兒，到頭來，他的元陽統統都給了她，哪會有妳的一滴半點？」

文載道暗道：「原來那小道士還有這些想頭？顧兄與梅妹早就互訂終生，情若金石，他豈不是癡心妄想？」

只聽櫻桃桀桀怪笑：「你們只知其一，不知其二。三個月前的某一天，鯰魚兄把那小妞兒迷昏了，擄了去，脫得光光的擺在床上欣賞。莫奈何借了項宗羽的湛盧劍去找鯰魚兄拚命——你們也知道，妖怪最怕寶劍寶刀！鯰魚兄被那湛盧劍殺得落荒而逃，留下兀自昏迷、光溜溜的梅如是躺在那兒，你們猜那莫奈何怎生反應？」

「當然迫不及待的趴了上去！」烏鴉呱呱。

「先從頭舔到腳？」肥貓喵喵。

「才不咧！他只是急著幫她穿衣服，到頭來，他必定是我的囊中之物！」

文載道暗暗點頭。「小道士可真是個正人君子。」

櫻桃續道：「所以莫奈何雖然暗戀梅如是，但他是把她當成女神一樣的崇拜，我一點都不擔心他倆日後真的會結為夫妻，到頭來，他必定是我的囊中之物！」

烏鴉類中就屬烏鴉最為聰明，點了點頭道：「梅如是學有專精，當然不會傾心於那個渾頭小道士，我看今晚宴會上的情形，將來恐怕連顧寒袖都難以得到梅如是的青睞。」

肥貓道：「是啊，應該只有俞公子才配得上她！」

文載道猛然一驚。「莫非那俞㑑至請梅妹來鑄劍是別有用心？顧兄可得留神了！」

「唉，別提他們了，干我們啥事？」烏鴉陰森森的道。「我們還是討論一下，要怎麼分配莫奈何吧！」

處男爭奪戰

櫻桃妖勃然大怒：「分配個屁！你們憑什麼跟我分？」

映在窗紙上的果子突然變成了一個粗壯無比的大娘身影：「就憑你們兩個也想占我的便宜？你們一起來吧！」

烏鴉喳喳狂笑：「我還怕了妳不成？」雙翅一展，變成了一隻巨鷹，嘴鉤爪利，煞是威猛！

那貓也把背一弓，脹大了不少，但仍是隻看不見脖子的貓。

「你們就只有這種道行？」櫻桃大娘一伸右手抓住巨鷹的一根翅膀，提起譚大的左拳，搗得那鷹吱吱叫，羽毛散落一地。

肥貓張牙舞爪的想從後面偷襲，被櫻桃大娘一腳踢中肚皮，當下毛毛蟲似的窩成一團，更像顆圓滾滾的球。

「櫻桃，饒命！」烏鴉、肥貓一起大喊。「沒想到妳這麼厲害！」

櫻桃妖已有七千年道行，烏鴉與肥貓都還不上三千年，當然不是對手。

櫻桃洋洋得意：「我已經學會了三種變化——大娘、少婦、美少女！」

「我只會一種。」烏鴉喪氣。「變成那老鷹似乎也沒什麼用。」

「我肚子裡的肥油太多，所以沒什麼長進。」肥貓頹然。「不過最起碼，肥油擋住了

妳剛才的那一腳。」

櫻桃心中充滿了美麗憧憬：「等我吸取了莫奈何的元陽，九九八十一變應該就不難達

成了。」

「是啊！」肥貓很想流口水。「可惜妳竟不願意分我們一杯羹！」

「你們為什麼不去找別的處男呢？」櫻桃說。「眼前不就有一個現成的嗎？」

烏鴉、肥貓齊聲：「妳是說那文載道？」

文載道嚇了一大跳。「怎麼把腦筋動到我頭上來了？」

三條黑影一起湊到窗紙上：「文載道，別裝睡，我們知道你還醒著！」

肥貓道發抖道：「我早就已經睡熟了，別吵我！」

肥貓道：「老實說，你碰過女人沒有？」

「沒有！當然沒有！」

烏鴉道：「那你打過手銃沒有？」

「打……打過一次。」

「啊——」烏鴉、肥貓的失望號叫，響徹樹林。

櫻桃道：「沒關係，才一次而已，元陽還很充盈。」

「真的只有一次嗎？」烏鴉嚴厲追究。

剎那間，文載道回到了少年時代，父親常常把他叫入房中，板臉教訓：「你快長大了，記住，你在睡覺的時候，手不要亂摸亂玩，懂嗎？這是聖賢決不允許的行為！」

每一次，文載道都低著頭回答：「我沒有……我不會……」

此刻，文載道受不了良心的譴責，哭了出來：「其實……一共有三次……」

「啊————」慘叫之聲更加震耳欲聾。

櫻桃連聲安慰：「還好啦，還好啦！」

文載道雖然摔壞了腦袋，總有福至心靈的時候，尋思道：「不對啊，我怎能惹他們垂涎呢？當然要把自己說得愈爛愈好！」

當下大叫道：「我……我天天打，我每天晚上都打，我爹為了這事把我趕出家門，我就是因為打得頭昏眼花，那天才會摔跤，摔成了白癡！」

他話還沒說完，烏鴉與肥貓就已經走掉了，他們才不想把時間浪費在這種爛貨的身

上。

文載道冷汗直冒，暗自慶幸：「活在這世道裡，還真不能潔身自愛、恪遵聖賢教誨呢！」

關於女人的事業

文載道一整夜惡夢連連，清早起床，頭重腳輕，一搖三晃的走到庭院裡，莫奈何正蹲在樹下餵那隻白頭黑身的大肥貓。

莫奈何見他無精打彩的模樣，笑問：「怎麼，那麼舒服的床，竟沒睡好？」

文載道唉道：「昨晚看了一整夜的皮影戲，弄得我好累！」惡狠狠的瞪了那貓一眼，蹲在莫奈何身邊。「小莫道長，你……你的那隻葫蘆裡有存放櫻桃嗎？」

莫奈何一楞，暗想：「他怎麼知道櫻桃妖住在我的葫蘆裡？這呆子可不簡單！」嘴上亂應：「什麼櫻桃？只是放了些葡萄，想釀葡萄酒。」

文載道放下了心，想著：「可能只是一場惡夢吧？」伸手摸了摸那肥貓，馬上就被抓了一把，手背上四條血痕。

莫奈何忙道：「不知貓會傷人嗎？」

文載道意味深長的說：「櫻桃也是會傷人的呢！」

惹得葫蘆裡的櫻桃妖恨恨心忖：「這呆子再多說一句，我就把他掐死！」

只聽一男一女的聲音從魚池後的假山上傳來，男的說：「反正我今日就走，多留一日也是不願！」

女的道：「表哥，我好不容易有了這個一展抱負的機會，你就不能支持我一次嗎？」

卻是顧寒袖與梅如是。

「我真不願再看到那俞公子的嘴臉！」顧寒袖悶悶的哼了一聲，道：「而且，如是，我覺得他醉翁之意不在酒。」

「你……這什麼意思？」

「我覺得他根本是想追求妳！」

「這是我男人的直覺！」看得出來，顧寒袖極為煩惱。

梅如是登即一窒，繼而失笑：「表哥，你不會太多心了嗎？」

其實，莫奈何聽在耳裡更加煩惱。他暗戀梅如是已到了病入膏肓的程度，但為了她的幸福著想，一直在心中祝福她能跟青梅竹馬、才學蓋世的表哥白首偕老，現在又無端跑出了個貌賽潘安、財勢滔天的俞餤至，使得他淒美的惆悵之中又添加了無邊絕望。

「總而言之，我現在就走，妳若想留下來，就隨妳的便！」顧寒袖意顏頗決絕的走回客房。

梅如是頹然坐倒在魚池旁邊，暗暗垂淚。

文載道、莫奈何趕緊湊了過去。

「梅妹，別傷心。」文載道說。

「梅姑娘，不要哭。」莫奈何說，心中卻道：「妳一哭，我心都碎了。」

梅如是乍見他二人，愈發止不住淚下，因爲他倆現在可算是她最親近的人了……「你們說，我該怎麼辦？」

文載道只能記得幼時經常聽到的成語，乾咳幾聲道：「這個嘛，嫁雞隨雞，嫁狗隨狗……」

莫奈何皺眉道：「話怎能這麼說？每個人有每個人的志業，誰都不應該委屈誰。」

文載道又乾咳著說：「女人的志業不都是應該相夫教子嗎？」

櫻桃妖雖然把梅如是當成潛在的情敵，但她畢竟是個雌性的妖怪，忍不住在葫蘆裡發話道：「梅如是，妳不顧性命的救了顧寒袖，他卻一點都不感激妳，像話嗎這？他如果是個人，總該有所回報才對呀！」

文載道嚇了一跳：「我說你這……呃，忘了你的名字……你這葫蘆裡怎麼有人說話？」

莫奈何笑道：「哪有？我學過腹語術。」一面說，一面用力敲了敲葫蘆，示意櫻桃妖

閉嘴。

文載道不滿道：「你這是教導梅妹施恩求報，很無恥咧！」

櫻桃妖怒道：「受恩不報，豈不是更無恥？」

兩人竟吵了起來。

「你們都別再說了！」梅如是心煩意亂，快步走往亭園深處。

嚇死人的小同鄉

顧寒袖揹著簡單的行李，憂悶難當的往天下第一莊外行去，文載道追了上來。

「顧兄啊……」

「文兄，你們剛才說了些什麼？」當然還是關心梅如是的決定。

「唉，跟一個葫蘆吵了一架！」文載道說。「你真的要走了嗎？」

「留此無益！」顧寒袖鐵了心。

「那我也跟你一起走。」文載道當然要力挺小同鄉與當年和自己齊名的才子，不過，他還是試探著問：「梅妹從小就想成為鑄劍師，恐怕不會隨便放棄吧？」

「我當然知道。」顧寒袖自有為難之處。「不瞞文兄，家母早就跟我說過，顧家的媳婦應該就是一個賢妻良母，不容許她成天在外拋頭露面，做自己的事業。」

文載道一楞：「這不正是針對梅妹而發的嗎？」

「沒錯……」

顧寒袖幼年喪父，由寡母一手帶大，母親之命自然不能不遵。

文載道重嘆口氣：「這就難辦了，一定要梅妹放棄鑄劍，那不比殺了她還難受？」

「還有，我非常看不慣那俞公子。」顧寒袖一臉忿忿然。「此人包藏禍心，將來不曉得會幹出什麼事情！」

文載道不好明說他只是亂吃飛醋，岔開話題：「剛才那個姓什麼的道士……」

「小莫道長？」

「他的葫蘆會說話？」

「對對對，他的葫蘆說……」

「是啊，我也覺得奇怪。總之，他的葫蘆說，梅妹曾經不顧性命的救過你？」

顧寒袖苦笑起來：「自從我落榜返鄉、患病暈倒之後，到底發生了什麼事情，就像在做夢，時而記起了些什麼，但若仔細去想，又愈發覺得模糊，如同在霧中行走，時真時幻、時遠時近……」

文載道深鎖眉頭：「你這症狀，跟我摔壞了腦袋可是大不相同，我的記憶很明確，就是什麼都沒啦！」

「我只知道，等我十分清醒的時候，竟發現自己正站在崑崙山頂上！」顧寒袖露出困惑的表情。「他們告訴我說，我把靈魂出賣給了惡魔，惡魔挖走了我的心臟，把我變成一具行屍，我每到夜晚，臉就變得青紅紫綠，牙齒變得很長很長，然後『虎虎虎』的叫著，到處去抓人來吃。」

文載道愈聽，身體就離得顧寒袖愈遠：「顧兄啊——你別嚇我！」

「他們還說，我的心臟這邊是個大洞，可以伸過一根海碗粗細的木棒，把我扛起來走，就跟抬轎子一樣。」

「顧兄啊——」

「他們還說，我嗅著熟肉就覺得臭，一定要吃生的，還要帶血的，血愈多愈好。」

「顧兄啊——」

「後來他們打死了妖怪，把我的心又裝回去了。我現在倒是好好的，不信你可以摸摸看。」

文載道終於定下神：「顧兄，你相信他們的這套說法嗎？」

一個邊聽邊跑、一個邊說邊追，兩人不知不覺就走出了天下第一莊，朝洛陽行去。

「我當然不信！但是他們為何要騙我？」顧寒袖一臉茫然。「他們之中，有如是、有

名震天下的大俠、有日進斗金的大掌櫃，他們騙我幹嘛咧？」

忽然，一個巴掌拍在文載道背上，力道之重，害得他跟蹌了好幾步，回頭一看，卻是梳雲。

梳雲親熱的摟住他的肩膀：「怎麼，你也要回洛陽去啦？」

文載道苦笑：「就是不想看到妳……」見她猛地圓瞪起眼來，慌忙改口：「不，我是說，不想看到妳喝醉的樣子。」

「唉，這裡的酒一點都不好喝，不夠辣、不夠勁兒、太香，還什麼天下第一莊呢，我還是回洛陽去找酒喝。」

梳雲又重重的拍了顧寒袖的後背一下，害得他差點吐血：「怎麼，跟你的美姑娘鬧翻了呀？」

文載道大驚：「他的心剛剛才裝回去，妳別把它拍出來了！」

梳雲哈哈大笑：「你們兩個不都是讀書相公嗎？怎地滿嘴胡說八道？」

「這位，呃，忘了妳姓什麼……不管啦，倒要請問妳一下。」文載道嚥下一口唾沫。

「妳相不相信這個世界上有惡魔妖怪？」

「子不語那個什麼？」梳雲搖頭。「當然不信。難道你們相信嗎？」

文載道一指顧寒袖，結結巴巴：「他……」

顧寒袖忙道：「別提了！」

文載道便又指著自己。「我……昨天晚上有一隻貓、一隻烏鴉跟一顆櫻桃，在我的窗外嘀嘀咕咕……」

「貓跟烏鴉本來就吵，沒什麼好大驚小怪的，但那櫻桃怎麼吵啊？」

「他們說……」文載道雖然健忘，但對他們爭奪元陽的話題記得一清二楚，可是這怎能對女子明言？只得嘆口氣道：「唉，算了算了，不說了，應該是我自己的腦袋壞掉了。」

顧寒袖關心詢問：「你這回來洛陽求醫看診，可有進展？」

文載道頹然搖頭：「洛陽第一名醫嚴洛王說我這病恐怕醫不好了。」

梳雲失笑：「你找閻羅王看病，怎麼會醫得好？」

顧寒袖想了想：「《山海經》裡提到一種果實，可以增強人的記憶力，不知確也不確？」

梳雲道：「《山海經》？是本什麼樣的書啊？」

天下第一奇書

顧寒袖道：「《山海經》可算是有史以來第一奇書。它的作者不只一人，許多內容來自於口頭傳說，成書的年代也無法考證，一般說來，大約是在戰國初年至漢朝初年。它記

載了許多遠古時代的神話與各種怪獸、怪鳥、怪植物，又包括了巫術、宗教、歷史、地理、礦物、醫藥、各地風俗、各國風情與各民族的起源等等。其中最詳細的就是對於崑崙山眾神的描述。」

「崑崙山眾神？」梳雲更加迷糊。「從沒聽說過。」

顧寒袖道：「後世之人對於這些或者一無所知，或者視為無稽之談。我本來也……但是現在……咳咳！」

櫔木之果

文載道忙道：「你快說說那增強記憶力的果子，否則我等下又忘了問！」

顧寒袖道：「那是一種名叫櫔木的果實。《山海經》的〈中山經〉裡有記載：『歷兒之山』上有櫔木，方莖而圓葉，黃華而毛，其實如揀，服之不忘。就是說櫔木的莖是方的，葉子是圓的，開著黃色的花，果實如手指般大，人吃了以後就可以有過目不忘的本領。」

又找補著說：「咱們小時候的啟蒙老師郭老頭兒還考證說，這種揀果白色有黏性，可以拿來洗衣服。」

「歷兒之山在哪裡？」

「《山海經》裡記載的都是遠古地名，需要慢慢考證，方知端底。」

「慢慢考證?」文載道苦笑。「我考前面就忘了後面,證後面就忘了前面,怎麼考證?」

三人正好走到一間茶館前,便進去點了一壺茶,跟店家索了紙筆。

「你不是有本隨身攜帶的小冊子?」梳雲比文載道本人還清楚他的習慣。「快拿出來啊。」

文載道傻笑:「是哦,都忘了。」

顧寒袖失笑道:「那我寫在這冊子上有什麼用?不如這樣。」揮筆把摘要寫在一張小紙條上,摺了摺,放在文載道的髮髻裡。「你總不會忘了洗頭吧?」

「洗頭、洗澡倒是不會忘。」

三人喝完茶,慢慢遛達回進財大酒樓。

店小二張小衰正架起一把梯子,站在上面擦拭大門上的招牌,忽見顧寒袖走來,嚇得屁滾尿流,從梯子上一骨碌的滾落地面,顧不得屁股生疼,跌跌撞撞的衝入店內,嘶聲大嚷:「那個吃人的殭屍又來了!」

大掌櫃邢進財氣得打了他一巴掌:「誰是殭屍?顧相公是我的同伴!」

張小衰哪裡搞得清楚後來發生了什麼事?反正只要看見顧寒袖,跑就對了!

這邢進財乃是天神刑天留在人間的第三百零二代子孫。刑氏家族中,燕行空是族長,

但以他的輩分最高，在崑崙山除魔一役中，也出了不少力，昨天才跟莫奈何、項宗羽、梅如是、顧寒袖等人返回洛陽。

然而他一回來就弄了一肚子氣，他把整座酒樓託付給最可靠的龔美掌管，龔美卻打從昨晚就不見人影，想跟他對個帳，他總不能就這樣平空消失了吧。

這會兒看見老是打破盤子的洗碗工音兒經過，便問著：「妳有看見龔美嗎？」

音兒笑道：「他呀，不是整天都坐在櫃檯裡的嗎？他可盡責了，打從您離開後，他就寸步不離酒樓，所有的事情一把抓，一張桌子沒擦乾淨，他也知道；一張床沒鋪好，他也知道；一扇窗子沒擦透亮，他也知道⋯⋯」

音兒的聲音好聽極了，但問題是，只要她一開口，就像一串在風中打轉的風鈴，永遠沒有停止的時候。

「好了好了。」邢進財頭大如斗。「妳快去洗碗吧。」

「這麼早有什麼碗好洗？說起這洗碗啊，可有學問了，有些碗就是不好洗，怎麼說呢？就是當初的設計有問題⋯⋯」

「好了啦！」邢進財幾乎是用吼的。「沒碗洗，就去睡覺！」

音兒不爽的噘著小嘴走開了，邢進財又生了一回悶氣，張小袞又屁滾尿流的衝了回來⋯⋯「殺人啦！後頭打起來啦！」

「居然有人敢在太歲頭上動土？」

邢進財抄起自己慣用的金算盤，衝向後院。

刀劍鬥

後院主要就是劉娥居住的甲號大院，這時可熱鬧了！

四名青衫劍客正跟五個藍衣刀客鬥成一團。

劍客們的劍法正中有奇、明裡帶暗，顯然出自於名門正派；刀客們則都手使當時少見的雁翎刀，招數凌厲詭譎，跟中原刀法有很大的差異。

邢進財怒吼：「要打去別處打！」

金算盤上面的每一顆珠子都是致命的暗器，此時的邢進財不願傷人，只把算盤舞得跟棵搖錢樹相似，一陣叮叮咚咚過後，所有的刀劍都被他架開。

「你們是哪條道上的？敢在我這裡撒野？」

梳雲和文載道也趕了過來，梳雲指著藍衣刀客大罵：「你們太放肆了，趁我不在就胡作非為？」

藍衣刀客們連忙恭敬行禮：「大小姐，是他們惹上我們的！」

文載道心忖：「原來這些刀客都是梳雲姑娘的隨從？她的來頭可不小！」

劉娥也從大院的正房內走出，盯著青衫劍客蹙眉責問：「你們為何與人廝打？」

這些青衫劍客都是劉娥的隨從，平常總是隱藏得讓人看不見。

青衫劍客一起躬身行禮：「我們要抓刺客，卻被他們阻攔，顯然是同路人。」

藍衣刀客怒道：「誰是刺客？」

青衫劍客怒道：「那你們添什麼亂？」

邢進財忙一揮手：「先別忙著吵，說清楚，什麼刺客，想刺誰？」

這時又見洛陽的副總捕頭鄭千鈞帶著兩名捕快董霸、薛超急匆匆的走了過來。

「鄭副總？何事勞您大駕光臨？」邢進財隱約嗅到一絲不祥的氣味。

「你指派的那個臨時大掌櫃叫作龔美，是吧？」

「沒錯，他怎麼了？」

「剛才有人報案，說他死在房客劉娥的房裡！」

劉娥的困境

龔美的屍體就躺在房間正中央，胸口上插著一柄短刀，正好刺入心臟。

邢進財嘆道：「我還以為你捲款潛逃了呢，不料卻死在這裡！」轉而怒視劉娥。「妳為什麼要殺他？」

劉娥的青衫隨從立刻暴叱：「休得無禮！」

鄭千鈞乾咳幾聲，質問劉娥：「夫人可有看見兇手？」

「當然有。」劉娥很冷靜，出奇的冷靜。「是一個穿著黑衣的刺客。」

「夫人可認識他？」

「不認識。」

「那麼，夫人可認識龔美？他為何會在夫人房中？」

劉娥不說話了。

鄭千鈞心想：「兇殺不外財殺、仇殺、情殺與偶然間的意氣之爭。這件案子從案發場看來，不是仇殺便是情殺，當然都跟這貴婦人脫不了干係。」嘴上哼哼：「說不得，得請夫人到衙門去走一趟了。」

店小二張小衰已向董霸、薛超供出劉娥這幾天都跟文載道、梳雲混在一起，所以兩人也被押住。

「幹嘛啊？」梳雲嚷嚷，捲起袖子就想打架。

邢進財忍住氣，道：「姑娘且請稍安毋躁，就當是上公堂觀光遊覽一回吧。」

邢進財當然也被當成了重要人證，將要面對本世紀最荒唐的一次審判。

天下第一神捕

洛陽知府羅奎政自從兩個多月前遭遇了一場妖怪事件之後，精神就有點不正常。

他沒等人犯到來，就先坐上了公堂，指著匆匆忙忙隨後趕至的刑名師爺罵道：「大膽！見了本官居然不下跪，放肆！來人哪，拖下去，先打二十大板再說！」

師爺只挨了六板就暈過去了。

這時副捕頭鄭千鈞才帶著劉娥、文載道一干人等進入衙門，許多看熱鬧的百姓也都亂糟糟的跟在後面。

進財大酒樓的臨時掌櫃被殺，可是件大事呢！

鄭千鈞上前覆命：「啓稟大人，人犯帶到！」

羅奎政厭惡的瞟了他一眼：「你是什麼東西？你能辦什麼案？姜無際呢？」

「姜總捕還在家裡躺著呢。」

羅奎政追問：「他昨晚又帶了幾個妞兒回家？」

董霸道：「三個。」

薛超道：「四個。」

「快去叫！他不來，我就不審案！」

文載道悄聲道：「那個姜總捕那麼厲害呀？」

邢進財哼道：「那小子號稱『天下第一神捕』，其實根本浪得虛名，只不過就是個好色如命的痞子罷了。」

文載道猛搔頭：「姜無際？這名字有點熟……」

羅奎政看見他們一堆人全站在那兒，又怒了……「見了本官怎麼都不跪下！可惡！來人哪……」

話還沒說完，青衫劍客們就從百姓叢中走了出來，直上公堂，把原本是刑名師爺坐的椅子搬了過來，讓劉娥坐下。

梳雲笑道：「喲，我的隨從呢？」

有若喚馬似的撮唇一胡哨，人叢中便又走出那五名藍衣刀客，其中一人隨手便把庭院中的青石圓凳拆了，單手舉著走上公堂，因見公堂上已沒有椅子，其中一人隨手便把庭院中的青石圓凳拆了，單手舉著走上公堂，因見公堂上已沒有椅子，讓梳雲坐下。

羅奎政發了一會兒楞，腦筋一時連結不起來，只好走回公案後頭，一拍驚堂木……「死者是誰？」

「進財大酒樓的臨時大掌櫃龔美。」

羅奎政又一拍驚堂木：「這還不簡單，就是謀財害命嘛！好啦，破案了！」

這可跟鄭千鈞的推斷不一樣，他搶著發表自己的意見……「啟稟大人，恐怕並非如此，我們還未查清進財大酒樓是否有財物失竊。」

「那你為何不查？」羅奎政大怒。「拖下去，先打二十大板再說！」

鄭千鈞只挨了九板就暈過去了。

羅奎政又把驚堂木拍得像個貨郎鼓：「把兇手帶上堂來！」

董霸囁嚅道：「啓稟大人，兇手還沒抓到……」

「爲什麼還沒抓到？拖下去，先打二十大板再說！」

董霸只挨了八板就暈過去了。

羅奎政又指著文載道、梳雲、劉娥、邢進財等人：「這些人是幹什麼的？」

薛超可學聰明了，一個字兒也不回答。

梳雲笑道：「我們可都是證人呢！」

「好，把證詞供上來。師爺，快做紀錄。」

衙役們面面相覷，齊聲道：「啓稟大人，師爺已經暈過去了。」

「兇手也沒有，動機也不明，證詞也記錄不了，這是什麼見了鬼的官司嘛？」再一敲

驚堂木。「退堂！」

這時，一名年輕人施施然的走了進來。

衙役們躬身行禮：「姜總捕，您終於來了！」

劉娥、梳雲聞言，轉眼去望那天下第一名捕。

只見這姜無際年紀雖輕，臉上卻帶著一種古怪的滄桑神情；頗為英俊的面龐上，長了一雙不老實的眼睛，毫不掩飾的透出一股邪淫的眼神。

他屌兒郎當的走上公堂，忽然停在梳雲面前，上上下下的瞅著她，好像她是光著身子一般。

梳雲的藍衣隨從勃然大怒：「這痞子好生無禮！」

距離姜無際最近的那名刀客大步上前，一把抓向他肩頭，想將他摔個大跟頭。

孰料這個簡單得不得了的動作，並沒得著相應的效果，明明是手到擒來的一抓，竟抓了個空，怪的是，姜無際仍站在原地，連動都沒有動。

怎麼會這樣呢？難道他竟是一條鬼魂？

那刀客不信邪，再一掌抓出，仍然抓了個空。

其他四名藍衣刀客也覺得不對了，一湧而上，一起朝姜無際招呼過去。

五個人圍成一圈，十手十腳一起動作，對方即使是個鬼，也應該沒有轉圜的空間了吧？

卻不！姜無際仍沒任何動作，那麼多手腳依舊打不到他，反而會互相碰撞在一起。

五名藍衣刀客學武學了這麼多年，連聽都沒聽說過世上竟有這等武功、這種怪事！

梳雲雖然天不怕、地不怕，好歹也是個知機識相之人，眼見這姜無際詭異得像條惡魂

靈，心知決計討不了好，斷然喝道：「我們走！」當先轉身朝外走去。

可沒見著人影閃動，姜無際已攔在她面前：「姑娘可願與我共度春宵？」

梳雲氣得不假思索，一巴掌就甩了過去，結結實實的打在姜無際的臉頰上，發出好大一聲脆響。

大家都楞住了。為什麼她就打得著他？

姜無際色迷迷的笑道：「我就是喜歡被漂亮的女人刷耳光！」

原來他樂在其中呢！

梳雲沒轍兒的怒瞪他一眼，帶著隨從們匆匆離去。

姜無際兀自十分惋惜的望著她的背影，喃喃嘆道：「竟沒把這美人兒搞到手，這個月未免虛度了。」

羅奎政笑道：「姜總捕，別玩了，查案要緊！」

姜無際沒啥興味的走上公堂，經過文載道身邊時，輕笑了一聲：「怎麼又有你？」

文載道一愣：「我認識你嗎？」

姜無際悄聲道：「兩個多月前，你曾經用椅子打量過知府大人，全都忘了嗎？」

文載道嚇了一大跳：「我有這麼厲害？」

姜無際獎勵似的拍了拍他的肩膀，走到羅奎政面前：「又出了什麼鳥事？」

「出了一件人命大案。」羅奎政手指劉娥。「嫌疑最重的就是她!」

姜無際這才目注劉娥與她身邊的青衫劍客,臉上閃過好幾種複雜的表情⋯⋯「咳咳⋯⋯

羅大人,後堂說話。」

你可知她是誰?

羅奎政從未見過姜無際的臉上露出為難的神色,兩人退入後堂之後,他就急急發問⋯⋯

「姜總捕,你怎麼啦?」

姜無際苦笑著說:「那位貴婦的隨從都是王屋派的弟子。」

「那又如何?」羅奎政兀自搞不清楚狀況。

「你可知道王屋派掌門人賀蘭樓真這幾天正在洛陽?」姜無際道。「你想看,這位

一百一十二歲的老爺子為什麼會來洛陽?誰又能請得動王屋派的弟子作為隨從?」

羅奎政有點傻了:「你是說,那婦人大有來頭?」

「自從郭皇后兩年前薨逝之後,『聖人』就一直沒有冊封皇后,你可知道是為了什

麼?」

宋朝時候的臣民往往以「聖人」或「官家」稱呼皇帝。

羅奎政壓低嗓門:「因為官家想冊封最受寵信的劉美人為后,但遭到一些三元老重臣的

反對，聽說是因為她並無子嗣，且出身寒微……」

姜無際打斷他的話頭：「大人可知道宮內貴人的名諱？」

「我怎會知道宮內貴人的名諱？」

「如我所料不差，那位坐在公堂上的貴婦劉娥，就是當今等同於皇后的劉美人！」

羅奎政雖然腦袋不太清楚，但這一驚，仍然非同小可，連門牙都差點蹦出嘴來……

「我……我居然把皇后抓上了公堂？我……我這條命算是玩完了！」

就在這時，薛超跑了進來：「王屋派的賀蘭老神仙求見！」

皇后的祕密

賀蘭樓真帶著劉娥進入後堂。

羅奎政發著抖，全不知該如何應對？姜無際則不慌不忙的行了一禮：「卑職拜見美人殿下！」

他這「美人殿下」的敬語雖然離奇，卻是恰到好處。「美人」乃是自漢朝以降宮中嬪妃的位號，殿下則是臣下稱呼皇太后或皇后的敬語，姜無際把這兩個本不相容的稱呼連在一起，可謂面面俱到。

「免禮。」被識破身分的劉娥不無尷尬。

「既然是殿下駕臨，還有什麼好說的？」羅奎政見她竟沒有怪罪自己，喜得抓耳撓腮。

「我馬上派人護送殿下回去。」

「這可不行！」姜無際板起公事公辦的嘴臉。「龔美的死因還是得查清楚！」

羅奎政大驚：「姜總捕，你敢情是活膩了？」

「就算砍了我的腦袋，這案子還是得查到底！」

「人命關天，本該如此。」劉娥露出讚許之色。

「請問美人殿下，龔美是強行進入殿下房中的嗎？」

「不。」劉娥冷靜回答。「是我請他進來的。」

羅奎政暗想：「皇后出宮不見鑾駕儀仗，顯然沒有得到聖上的允許，又在外頭私會男子，這……罪可大了！」不禁替劉娥捏了一把冷汗。

姜無際追問：「殿下為何要喚龔美入房？」

劉娥沉默了一會兒，坦然道：「他是我的前夫，我有事情要問他。」

羅奎政與姜無際驚呆當場，半晌說不出一句話。

賀蘭樓真乾咳了兩聲道：「此事不說也罷。」

劉娥苦笑一下。「事情既然已經發生了，再掩蓋也是無益。」

史上最成功的藝人

「我劉家的父祖兩代都是軍籍，先父劉通本是虎捷都指揮使，後來陣歿於沙場，家道因此中落。我十五、六歲時，就在開封街頭擊鞀鼓、唱曲兒為生，沒多久便嫁給銀匠龔美為妻。」

姜無際暗道：「朝中大臣認為她出身寒微，就是因為如此？真乃偏見做崇！」

「那時皇上才剛成年，受封為『襄王』，年輕人心性，總喜歡在街上遛達。」劉娥臉頰上泛起一片紅潤。「一日他碰見我在街上賣藝，他就有點⋯⋯有點⋯⋯」

「神魂顛倒！」姜無際找補著說。

羅奎政暗自驚訝：「她耍韶鼓就能讓皇上為之心醉，簡直令人匪夷所思！」

劉娥續道：「襄王爺想把我收入王府為姬，但我是個已婚的婦人，怎有資格受到這份恩寵？我的丈夫龔美為了要擺脫貧困的生活，就出了個主意，他假稱是我的哥哥，讓我得以進入王府。」

其實，劉娥成為襄王的姬妾之後並不順遂，襄王的乳母極為鄙視她的出身，密告當時的皇帝宋太宗。宋太宗勃然大怒，下令把劉娥逐出王府。然而，襄王無法忘情，偷偷的把她養在外面，直到太宗駕崩，襄王繼承大位之後，才光明正大的把劉娥迎回宮中，封為美人，恩寵不衰，成為如今後宮中最有權力的嬪妃。

姜無際咳了一聲道：「殿下已入宮多年，跟前夫龔美應該早已斷了聯繫。」

劉娥點頭道：「那是自然。」

「那麼，此番前來洛陽密會前夫，究竟是爲了何事？」

「我想問他，我們的孩兒現在怎麼樣了？」

原來她跟龔美早已生了孩子！

這件事情若讓皇上知道了，還得了？

羅奎政懷著想要替她掩飾的狗腿心態，乾咳道：「這⋯⋯漢武帝的母后『孝景王皇后』

也是如此，所以沒有什麼⋯⋯咳咳！」

劉娥瞪了他一眼，嚇得他雙腿發軟，差點跪倒。

劉娥轉目望向賀蘭樓眞：「龔美說，孩子六歲的時候，就把他交給了王屋派收養？」

賀蘭樓眞沉吟半晌，方才緩緩道：「雖說母子天性，但殿下目前實不宜再追究孩子的

下落。」

「急切的心情，使得劉娥失去了一慣的雍容冷靜，她柳眉倒豎，叱道：「宗玄大師，你

這話是什麼意思？我要找我的孩兒，有什麼不妥？」

賀蘭樓眞嘆了口氣，垂眉不語。

姜無際插嘴道：「賀蘭掌門說得不錯，現下最好別再碰這個問題。」

劉娥更怒了：「你不過是個捕頭，這兒豈有你發表意見的餘地？」

姜無際全不膽怯，悠悠笑道：「還未請問殿下，龔美到底是怎麼死的？」

羅奎政怒道：「你怎麼還要追查這種小案？」

姜無際把臉一沉：「第一，任何一件命案都是大案；第二，這就是關鍵所在。」

劉娥忍怒道：「今天早上我喚他入房，還沒問上兩句話，就有一個穿著黑衣的刺客衝進來殺了他。」

「殿下為何一直用刺客來形容此人？」姜無際總是一句話就能直入核心。

「他沒有搶奪財物，也沒有……」劉娥臉頰微泛紅潤，意思不外「沒劫財也沒劫色」。

「他可有對殿下說出隻字片語？」

「半個字也沒說就走了。」

「所以他的目的就只是要殺龔美。」姜無際續問。「這刺客的長相有何特徵？」

「他的左臉頰上有一顆大黑痣，上面還長著幾根長毛。」

姜無際道：「此人的手法乾淨俐落，顯然是個武林高手。龔美從前可有跟武林中人來往？」

「據我所知，完全沒有。」

「那便不是仇殺，也不是財殺、情殺，他的目的何在？」

姜無際把副捕頭鄭千鈞叫了進來。

剛剛甦醒過來的鄭千鈞見了羅奎政兀自心有餘悸：「大人，別是又要打我板子了吧？」

「你別緊張，是誰跟你報的案？」

鄭千鈞道：「是一個黑衣人，臉上有一顆大黑痣，上面還長著幾根長毛。」

「好，你先出去吧。」支走了鄭千鈞，姜無際才道：「這人把龔美殺死在殿下房中，然後自己又去報案……」

羅奎政嚷嚷：「怪了，他到底想要幹什麼？」

「很顯然，他就是要不利於殿下——把殿下捲入兇殺案，死者還是殿下的前夫，這案子若往上一報，弄得天下皆知，『聖人』會怎麼想？」

任憑劉娥再冷靜，額頭也沁出了汗珠。

姜無際續道：「所以我剛才說，殿下不宜再追究孩子之事，他們若再利用這件事來打擊殿下，那就更難堪了。」

劉娥身子一晃，頹然坐倒。

「是誰這麼膽大妄為？」羅奎政怒道。「姜總捕，這你一定要查清楚！」

姜無際嘆了口氣：「當然得查。」

劉娥但覺屋裡似有一陣怪風吹過，四面張望了一眼，並沒有看見任何異狀，緊接著就見姜無際一屁股倒坐在旁邊的椅子上，一臉灰敗之色，不知怎地渾身是汗，恍若非常疲倦。

劉娥驚道：「你怎麼啦？」

「沒事。」姜無際虛弱的說。「兇手是崆峒派的四大金剛之一『黑面狻猊』伍壁，已然逃出城外。」

劉娥皺眉道：「你是在施妖法嗎？只一刹那你就知道兇手是誰了？」

羅奎政陪笑道：「我們這姜總捕確實有這能耐，誰都搞不清楚他是如何辦到的，但他的破案率與準確度一向都是百分之百，而且有時候破案的速度快得嚇人！」

姜無際自顧自的說道：「崆峒派只不過是一個普通的武林幫派，為何會幹出這種事？可見他們背後定有一隻大黑手，竟然想伸入皇室之中攪翻一鍋粥！」

羅奎政道：「殿下放心，卑職一定會先把這件案子壓下來！」

姜無際悠悠道：「龔美的命案當然不能隨便帶過，兇手還是要抓的。」

劉娥沉默不語，感覺到一個絕大的陰謀正在暗中逼近、逐漸成形。

老虎是吃什麼長大的？

桃花萬點，繁若織錦，旺若煙火齊發。

劍神呂宗布行走於不見盡頭的桃林之中，心中狐疑：「這是什麼地方？我爲什麼會在這裡？」

小徑幽深，百轉千迴，無數桃花蒸吐出迷霧般的氤氳，詭異而又淒美。

呂宗布走著走著，背脊突泛一陣涼意，並有一股極腐極臭的氣味衝入鼻中，立即拔劍回削，掃過偷襲者的胸膛。

但那個悄無聲息來至他背後的傢伙挨了一劍，並未倒下，甚至連看都沒看他一眼，仍然向前行去。

呂宗布定睛看時，此人面容紫青腫脹，滿口牙齒黃黑殘缺，渾身皮膚布滿了爛瘡，活像一具腐爛了一半的屍體，走起路來腳不著地，而是用飄的。

呂宗布愈是覷他，愈覺得他眼熟，半晌之後才驀然想起：「他不就是進財大酒樓的臨時大掌櫃龔美嗎？他不是已經死了？難道竟變成了鬼？」

饒是頂尖劍客，也止不住毛骨聳然，他才因驚悸停步，又見另一個鬼從左側溜滑過去，匆匆忙忙、慌慌張張，像是趕著去赴約會。

「到底在搞什麼鬼？」

呂宗布壯起膽子，跟在那兩隻鬼的後面。

又走了不知多久，忽然眼前一亮，出現一大片空地。

空地上只有一棵參天而起的巨大桃木，已有許多鬼聚集在那兒，個個畏縮惶恐，宛若一群等待審判的死囚。

呂宗布隱身在空地邊緣的樹林裡，靜靜觀察著這一切。

沒多久，天邊突然出現一抹紅金色的閃光。

「來了！來了！」眾鬼渾身顫抖的喃喃。

閃光隱時，一尊八丈多高的金面大神已從樹林中走了出來，還牽著一隻金紋燦爛、龐大無比的老虎。

眾鬼更為驚嚇，紛紛匍伏磕頭，嘴裡囁嚅：「宗布大神饒命……宗布大神饒命……」

呂宗布暗裡皺眉。

但聞那金面大神朗聲道：「你們都給我上前來！」

眾鬼不敢違抗命令，一串魚似的依次上前。

那金紋巨虎跨前一步，把當先的鬼嗅了嗅，虎額一蹙，虎口大開，「咻」地一下就把它吃了下去。

眾鬼又嚇得跪倒，大嚷「饒命」不迭。

宗布大神笑道：「你們不用怕，我這隻『小黃』只吃惡鬼，決不吃好鬼。」

呂宗布暗自好笑：「好個小黃！這麼兇狠的神獸，竟被他當成了寵物。」

眾鬼不得不懷著賭博的心情走上前去，小黃嗅一下就吃一個，整群鬼裡沒一個好鬼，統統都被牠吃了，最後只剩下龔美。

呂宗布在進財大酒樓受過龔美的接待，覺得他人還不錯，忙從隱身之處走出，大聲道：「這鬼應當是個好鬼，可否放他一馬？」

宗布大神笑道：「你這小子總算露面了，我就是等著你出來呢。」

呂宗布一楞：「大神有事找我？」

宗布大神朝龔美一揮手：「既然有人替你求情，你可以走了。」再向呂宗布問道：「你為何名叫宗布？」

宗布大神冷冷一笑：「呂布？呂布是什麼東西？你可知道我是誰？」

「這名字是我呂氏宗族的長老取的。」呂宗布道。「不外繼承呂布之意。」

宗布大神的臉色轉為鄭重。「今天我要派給你一項任務，你去替我尋找一樣屬於我的東西。」轉身在大樹樹幹上畫下一幅簡單的地圖。「你出了洛陽，一路往東，就會碰到一群有窮氏的後裔……」

「回去問你師父。」宗布大神冷冷一笑：

呂宗布茫然搖頭。

呂宗布一向心高氣傲，不悅的想著：「怪了！你憑什麼指派我？」

宗布大神頓即窺破了他的心思，厲聲道：「你敢不遵從我的意旨？」

把手一揮，巨虎小黃立馬撲了過來。

呂宗布反手想要拔劍，但太阿神劍好似鏽在了劍鞘裡，用盡吃奶的力氣也拔不出來。

呂宗布胸口窒悶，慘叫一聲，由夢中醒轉，渾身冷汗。

宗布大神之謎

賀蘭樓真剛剛睡下，呂宗布便在房外請示：「掌門人，弟子求見。」

「進來吧。」

呂宗布毫不繞彎子，開門見山便問：「掌門人可知『宗布大神』是誰？」

賀蘭樓真微楞之後，緩緩說道：「根據《淮南子》一書的記載，箭神后羿死後被封為宗布神！」

呂宗布大吃一驚：「宗布大神就是后羿？」

「沒錯。夏朝的那個后羿被手下奸臣寒浞以桃木棒擊殺之後，天下百姓覺得他死得太冤枉了，所以為他立祠建廟，奉他為『宗布神』。」賀蘭樓真續道。「傳說他會牽著一隻大老虎，站在一棵大桃樹下，召喚天下鬼魂前來朝拜，老虎一嗅，就能分出好鬼、惡鬼，若是惡鬼便一口吃了，所以後世之人便又引申出鬼怕桃木之說。」

呂宗布驚呆半晌，又問：「您說的這個后羿乃是梟雄后羿？」

「你今夜為何急於求證此事？」

呂宗布把剛才的夢境說了一遍。

賀蘭棲真道：「夢中大神既然提到有窮氏，夏朝的那個后羿便出自有窮，所以他應該是那梟雄后羿沒錯。至於曾經有過幾個后羿，任誰都搞不清楚。」

賀蘭棲真皺眉續道：「當初你父親帶你上山拜師，我就有點奇怪你的名字，但那時心想應該只是巧合罷了，不料現在……他說他要你去尋找一樣屬於他的東西？」

「是啊，又沒有明言，我要怎麼找？」

賀蘭棲真想了想：「應該就是傳說中的后羿神弓吧？難道竟收藏在有窮氏子孫的手中？」

「這傳說會是真的嗎？」

「不知、不知、不知。」賀蘭棲真搖頭如搗鼓，但猛然想起一事，連眼睛都直了。「你六歲的時候，你父親送你入山習劍，你稟賦超強，練功學劍的進度比別人快上十倍不止，更有一樁特異，就是──你的箭法無師自通！」

呂宗布全身一震，又呆住了。

賀蘭棲真續道：「你也曉得射箭之技並非我們王屋派所長，歷代以來，幾乎沒有人射箭射得準，唯獨你一個異數！」

「所以我是后羿的後裔？」

賀蘭樓真嘆道：「世局如棋，世事如謎，世情如夢，有時候當真詭祕得讓人看不清。」

呂宗布急切追問：「師父，你從沒提起過我的父母，他們究竟是什麼樣的人？」

「我問你，六歲之前的事情你還記得多少？」

呂宗布臉上浮現困惑的神情：「我只記得我爹帶著我到處漂泊，居無定所，記憶根本一團混亂，連我爹的名字都沒能記住，現在連我爹的樣子都忘了！」

「你父親後來才投靠并州呂家村，所以『呂』並非你的本姓。你母親……唉，現在先別提這些了。」賀蘭樓真有難言之苦。「你在夢裡救了龔美的鬼魂，倒是好事一件。」

「師父，這夢有來由嗎？」

「夢皆有因。」一百一十二歲的老道士胸中畢竟不脫道教的傳統觀念。「不管是真是幻，你都該依言前去尋訪一番。」

一句話開啟了呂宗布往後譎奇的命運。

老實人變成壞蛋的過程

卻說梅如是終究不肯放棄鑄劍的機會，顧寒袖只得忿忿然的回家去了。

「皇上已經下旨，今年秋天要加開『恩科』，我得早做準備，還有掄元的機會。」顧

寒袖雄心不死。「今年一定不再喝那害死人的紅豆湯了！」

臨行前，特別囑咐文載道一定要去尋找歷兒之山上的欀木、揀果，醫治摔壞的腦袋。

文載道待在洛陽反正無趣，便尋了間車馬行，租了兩輛「太平車」，踏上尋找記憶之旅。

文家頗有資產，他此番前來就醫，自然帶了不少財物，大箱小箱的堆滿了後車，自己則帶著幾篋書籍坐在前車。

前車的車伕名喚孫阿水，後車的車伕叫作魏阿火，都是這行業裡出了名的老實人。

第一夜投宿旅店，當然得把財物收入房間。阿水、阿火把後車上的箱籠全都搬了下來。

「一共十八箱，請公子清點一下。」

「十八箱？這麼多啊？我還以為只有十五箱呢。」文載道傻笑。

第二夜，阿火忘了一箱在車上。

「怎麼只有十七箱？」阿水皺眉。

「我再去搬。」阿火敲自己的腦袋。

「昨天不是只有十四箱？」文載道傻笑。

第三夜，阿水、阿火只搬了十三箱就餓了，吃完飯後才去向文載道報到。「十三箱統

都搬進來啦。」

「多謝你們啊。」文載道傻笑。

第四夜，阿水、阿火整晚不見人影，也沒搬一個箱子進房，文載道絲毫不在意，心忖：

「這幾天太累了，也眞難爲他們了。」

清早起床，到處都找不著他倆，走出門外，才發現連馬車都不見了。

文載道揹著幾篋書，站在旅店前面楞了半個時辰之久，就是想不通，明明很老實的阿水、阿火，爲什麼會變成了小偷、騙子？

該付住宿費了，文載道渾身上下一摸，半個子兒都沒有。

旅店老闆倒是頗爲同情他的遭遇：「你趕快回洛陽去找那間車馬行啊！」

「可我忘了是哪一間。」

「那兩個車伕叫作什麼名字？」

「也忘了。」

老闆的臉沉下來了：「原來你們根本是串通好了的，就是想來白吃白住！」

老闆喚出旅店所有的伙計，把文載道圍在中間，正準備一頓毒打。

忽然一錠大元寶飛了過來，恰好落在老闆懷裡。

「夠付他的帳了吧？」

也已從洛陽出發的劍神呂宗布騎在一匹雪白的駿馬上，露出冷冷的笑容。

老闆旋即恭送文載道上路。

呂宗布眼見他這麼個斯文人，竟揹著幾十斤重的書篋，實在舉步維艱，不由搔了搔頭：「文兒，你這樣還能走嗎？」

文載道苦笑：「要不然怎麼辦？」

旅店老闆這會兒又當起好人來了，朝著呂宗布詔笑道：「大俠，您的馬夠驃，多載一個人應該輕而易舉。」

呂宗布胯下駿馬的承重力決無問題，但他生性孤傲，又有潔癖，不願與人共騎。

文載道再獸，也看得出他不願與自己親近，苦笑一聲道：「咳咳，我還是……自己走吧。」

當真放開大步往前走，又不知要走向何處？

就在這時，一輛豪華馬車像條船也似的蕩了過來，彷彿連拉車的馬都喝醉了一樣。

頭頂烈陽如火球滾動，黃土地上蒸騰出比烤箱還熱的燒灼之氣。

文載道還沒走出二十步，就已渾身是汗，累得快癱了。

梳雲探頭出窗，先惡狠狠的瞪了呂宗布一眼，才笑嘻嘻的朝文載道招手：「我就知道你出門在外一定會被騙。來，你想去哪兒？」

「吉人自有天相！」文載道高興萬分的跑了過去，但一靠近馬車，就嗅著一股濃冽異常的酒味，立即想起她那代表親熱、力道極強的巴掌，再加上那五名藍衣隨從惡狠狠的盯

著自己，心中更不舒坦。

「我還是走到死為止吧！」

「嗨，你這書呆子真想這樣一直走下去？我恐怕你腦袋沒醫好，其他的部分又壞了！」

梳雲跳下車，如同拋擲一個大布袋，把他「刷」地一聲丟上馬車：「你乖乖的跟著我，保證不讓你吃虧。」

梳雲又怒瞪了呂宗布一眼，驅車離去。

呂宗布但只苦笑而已。

老實人變成酒鬼的過程

馬車舒適極了，加裝了強力鋼簧的車輪行駛於顛簸起伏的路面上，把該有的震動都化成了水波蕩漾，但時間一久，可讓人覺得頭昏眼花。

「我們像是在坐船。」文載道傻笑。

「所以說，坐這種車子就該喝酒。」

梳雲取出許多瓶瓶甕甕，讓文載道這喝一口、那喝一口。「怎麼樣，頭不暈了吧？」

酒精隨著夢幻般的搖擺發酵，醉意伴同溫火似的血液流竄，文載道從未體驗過這麼美

妙的滋味，半日下來，已成了梳雲最好的酒友，兩人肩靠肩、臉貼臉的胡言亂語、東拉西扯，梳雲打在他身上的巴掌也沒那麼痛了。

眼見前面又是一個破破爛爛的村落，文載道打著酒嗝兒：「再去問問，他們知不知道歷兒之山在哪裡？」

馬車駛至荒涼有若火葬場的小村村口，藍衣隨從們大聲呼喝：「有人嗎？怎麼都死光啦？」

喊了十幾聲，卻從村子裡跑出一男一女兩個十歲左右的小孩，手中拿著竹製的玩具弓箭，嚷嚷：「敵人來了，射死他們！」

一名藍衣刀客笑罵：「死孩子，亂說什麼。」

話猶未畢，小男孩已一箭射來，正中那刀客心窩，頓時倒跌下馬而死。

小女孩也同時發箭射向梳雲，虧得梳雲眼明手快，一把綽在手中，細看那箭頭竟是精鋼所鑄，當下怒吼道：「這裡原來是個賊窩？」

「沒錯！天堂有路妳不走，地獄無門自來投！」翻山豹獰笑著從一間破破爛爛的土屋中走出，身邊跟著一群穿得破破爛爛的大漢。

「又是你！」

梳雲一抖手就是兩支柳葉鏢，但翻山豹早已提防著她有這一手，輕鬆躲了開去。

「今天妳總該乖乖的躺下了！」

翻山豹取出一張勁弓，朝天上射出一支響箭，顯然是在召喚埋伏於四周的同伴，瞬間聽得村子外面蹄聲雷動，正不知有多少響馬朝這邊圍攏過來。

梳雲見勢不妙：「好漢不敵人多，我們快走！」

那幾匹喝醉了的馬，當下撒開潑蹄，拉著馬車飛馳而去。

「美人兒別跑，讓我爽一爽！」

翻山豹騰身騎上一匹劣馬，率眾追趕。

翻山豹的看家本領

馬車當然不會比單騎跑得快，但梳雲的這幾匹駿馬久經訓練，奔跑起來竟毫不遜色。

梳雲笑道：「我這幾匹都是遼東的烏丸馬，比中原的馬強多了，他們追得上才怪！」

正自得意，猛然聽得空氣中發出一聲撕裂般的、尖銳無比的地獄之音，策馬跟隨在馬車旁邊的一名藍衣刀客已背心挨箭的跌下馬去。

梳雲大吃一驚。「原來他的箭法這麼準？」

翻山豹能夠名列中原五兇之一不是沒有原因的，他的拳腳搏擊與兵刃器械都不怎麼樣，但只靠著一手奇準無比的箭法橫行大江南北，殺人如麻。

不僅如此，他手下的那群響馬也個個了得，排排勁箭渾如長了眼睛，直往刀客們的背上鑽。

一向談笑用兵的梳雲這下子可坐困愁城了。在這片一望無際的曠野之上，還有什麼比弓箭更厲害的武器呢？他們的車馬與隨從簡直就像是一群飛不高的鴨子，任憑獵人射殺。

才一眨眼的功夫，剩餘的三名藍衣隨從武士都被射死。

梳雲忙著從車窗以暗器回擲，沒看見車伕也已中箭落車。

文載道被酒精浸泡的腦袋還未清醒，笑道：「車子會自己跑呢，真好玩！」

梳雲身手矯健的從車廂內爬到駕駛座上，繼續操縱馬車向前飛奔。

遠處，一座依山而建的小山寨宛若一座天然生成的堡壘。

梳雲絕處逢生，狂驅馬車疾駛過去。

夏侯寨

不知從朝何代開始，不知從何處來了一群人，在這座小山上建起了一座小山寨。

他們的人數始終不多，因為他們的女孩嫁出去之後就不准回家，男孩的生育能力似乎也不太高超。

他們不比別人聰明，不比別人粗壯，唯一的特點便是個個都能百步穿楊、箭法如神。

他們自稱夏侯氏，這個山寨就名爲「夏侯寨」。歷代朝廷都對他們禮遇有加，把他們當成一股穩定地方的力量，「大宋」建立之後，更派出「團練使」長期駐守於此，擔負監督之責。

這日，夏侯寨內的所有居民又在練習弓箭，他們擁有自製的飛靶泥盤，可由投擲機括彈出，大家快速的依次向前，射擊那些不定向飛出的目標。

寨主夏侯有電五十開外年紀，長得一張稜角分明的國字臉，不論晝夜總是罩著一層寒霜，只要有人失手偏差，他手中的籐條立刻就毫不留情的揮下去。

忽聽一個聲音笑道：「有電老哥，脾氣還是這麼火爆？去年教給你的修身養性的功夫，半點不見成效。」

來人正是呂宗布。一年前，他路過此處，因見他們箭法高強，便在寨中盤桓了幾日，互相切磋。

夏侯有電快步上前握住他雙手，哈哈大笑：「呂老弟，可想死老哥我了！」心中暗自吃驚：「山寨的防衛從來沒有絲毫鬆懈，他卻仍來去自如、無人察覺，這身本領可眞是驚世駭俗了！」

夏侯寨民紛紛親切招呼：「呂大俠又來了，再讓我們見識一下你的箭法吧！」

「何必班門弄斧？」呂宗布難得謙虛。

夏侯有電道：「老弟上這兒來，有何貴事？」

「想跟老哥打聽一些消息，您可知有窮氏的後裔……」

話還沒說完，夏侯有電就眼望練箭的寨民，厲叱：「好好練箭！」然後一拍呂宗布肩膀。「咱們到屋裡去，先喝上幾杯再說。」

就在這時，專門負責看守警戒的十歲小娃兒夏侯有蛋氣喘吁吁的跑了過來：「寨主，翻山豹率領的那群響馬又在打劫路過客商了！」

夏侯有電面色一冷，率領寨民奔向山寨高牆。

曠野射擊戰

梳雲的馬車逐漸接近山寨，但響馬們已從左右雙方追上馬車。

文載道的酒意慢慢退去，赫然發現車窗外頭圍著一群面貌兇狠、仰頸號叫的大漢，嚇得直發抖，喊道：「各位大哥，在下身無分文，你們去搶別人吧！」

梳雲左右狂甩馬鞭，把兩個追到身邊的響馬打落下馬。

翻山豹怪笑：「好潑辣的妞兒，我喜歡！」愈發催馬前奔。

響馬們渾若蝗蟲，湧向駕駛座，梳雲暗器亂擲、馬鞭亂抽，仍止不住敵人來勢。

一名響馬從後面攀上馬車車頂，來到了梳雲頭上，就想一刀砍下。

這時馬車已近寨門，高牆上的夏侯有電覷得真切，一箭射出，那響馬立被射了個透穿，跌下車去。

夏侯有電再一聲令下：「放！」

夏侯寨民一起放箭，每一箭都有似導向飛彈，射得響馬們叫苦連天。

響馬雖也仰射還擊，但寨民都隱身在高牆雉堞之後，使得他們徒喚奈何。

滿天羽箭呼嘯來去，空氣裡充滿了撕裂洪荒的聲音，聲聲催命。

翻山豹氣得仰頭大罵：「夏侯寨的雜碎，又想破壞大爺的好事？」

馬車上的文載道被這種陣仗嚇壞了，他打開車門想往下跳，才發現馬車奔馳的速度比他想像中快上許多，這一跳下去豈不是摔成了一團肉泥？

正想縮回身子，馬車猛地一個顛簸，他便跟個被悍妻掃地出門的惡夫一般蹦出車外，在地上滾了幾十滾，還好沒傷著筋骨，勉強爬起，拔腿就跑。

響馬們衝過他身邊，馬隊帶起的飆風又將他捲倒在地，揹著的書箱摔爛了，裡面的書籍散了一地。

「欸！」文載道心痛的在馬蹄間撿拾書本，並小心的拂去灰塵。

這時，馬車已駛至寨門前。

夏侯有電下令：「開大門！」

一一三

就在馬車快要衝入寨門的時候，一名兇悍的響馬跳上駕駛座，揪住了梳雲的肩膀。

梳雲一個肘拳搗爛了他的鼻子，他仍不放手，抓著梳雲一起跌下馬車。

梳雲奮力跳起，又被另一名響馬「老吳」從後面抓住。

寨民們想要放箭，但投鼠忌器，都射不出去。

響馬們停住了奔馳之勢，群聚在他倆後方。

翻山豹怪笑：「好，老吳，帶她過來！」

老吳把梳雲的身體擋在自己身前，一步步後退。

文載道見勢危急，從旁邊衝過來：「放開她！」

但他還沒能靠近兩人，就被其他的響馬打趴在地。

寨牆上，呂宗布淡淡一笑道：「翻山豹，你還認得我嗎？」

翻山豹猛然看見呂宗布居然也在此處，嚇得膀胱一陣痠痛，但嘴上不肯輸人：「姓呂的，你以爲你還可以占盡上風？那日大爺我在洛陽吃癟，是因爲在城市的大街小巷之中，弓箭無法出手，今天可要讓你嘗嘗我的厲害！」

夏侯寨民們早已知曉呂宗布的箭法超群，聽見翻山豹這番無知的話語，止不住鬨笑如雷，卻讓翻山豹摸不著頭腦。

夏侯有電見那老吳的整個身體都被梳雲擋住，只露出了小半爿腦殼，這目標實在太

小，就算夏侯寨中箭法最準的夏侯有宅出手，恐怕都沒三分把握。

轉眼看見一旁的呂宗布已在冷靜的張弓瞄準，有點擔心的悄聲道：「呂老弟，行嗎？」

梳雲不慌不忙的朝著呂宗布猛眨眼睛，原來她的袖子裡已滑出了兩支穿心釘，握在手裡，隨時準備發動。

小娃兒夏侯有蛋忙道：「呂叔叔，她在眨眼睛咧！好像要告訴你什麼……」

話還沒說完，呂宗布的箭已射出，正中老吳稍微露出的那一小片腦袋。

老吳倒地的同時，梳雲回身擲出穿心釘，射死了兩名響馬，並仰頭指著呂宗布大罵：

「叫你不要射，看不懂啊？差點把我射死！」

夏侯有蛋叫道：「別嚷嚷了，快進來！」

梳雲剛衝入山寨大門，想想不對，又衝了出去。

夏侯有蛋大嚷：「嘖！妳幹嘛啊？」

原來梳雲沒忘記文載道，跑過去把他拉了起來，一起拖入大門，並回頭吹了聲口哨。

拉車的那幾匹馬便也慢吞吞的拉著馬車跟著她一起行入山寨。

響馬們傻楞楞的看著這一連串行動，全都忘了該如何反應；翻山豹更被呂宗布的那一箭驚得魂魄出竅，怎麼也想不通世上怎會有如此神妙的箭法！

翻山豹的身世

夏侯有電目注翻山豹，厲聲道：「夏侯有錢，我已經饒過你好幾次了，你仍不知悛改，還在幹這種傷天害理的勾當？」

原來翻山豹本是夏侯寨中人，怪不得箭法這麼準。

翻山豹回過神來，哈哈大笑：「堂哥，我既然名叫有錢，就該大大的有錢才對。老是待在那個爛山寨裡頭，要到什麼時候才能發財啊？」

寨民們紛紛大罵：「叛賊！反賊！族賊！」

夏侯有電蛋拿起一副小弓箭想射他，差點射中自己的腳尖。

夏侯有電屬聲道：「你想發財，竟把腦筋動到弱女子的身上，天理不容，萬世唾棄！」

「她是弱女子？」翻山豹連聲冷笑。「堂哥，你當我是三歲小孩兒，還是你竟看不出來？我們早已探聽得實，那個娘兒們來頭不小，馬車上載了大批珍寶！」

寨民們議論紛紛：「真的嗎？她是個大財主？」

翻山豹又指著夏侯有電道：「又或是你也知道了，竟想獨吞？」

夏侯有電氣得拈弓搭箭：「再不退去，休怪我手下無情！」

翻山豹心知若無準備，萬難現在就攻打山寨，只得惡狠狠的道：「你們從前老是破壞我的營生倒也罷了，但這回，我決不罷休！我給你們一天時間考慮，若不交出那個雌兒，

「明日看我血洗夏侯寨！」

把手一揮，率領眾響馬退走。

寨民們氣得大罵：「夏侯氏竟出了這種敗類，真是老天沒眼！」

梳雲與文載道進入寨內，見這山寨雖不甚大，但按照山勢地形布置得森然有序，山泉水井處處可見，豬雞米穀樣樣不缺，宛若一座自給自足、安全無虞的小王國。

文載道由衷讚嘆：「這不是世外桃源，而是世間桃源！」

寨民們聽說梳雲來頭很大，都好奇的圍了過來。「姑娘好本領！」

梳雲大剌剌的揮了揮手：「好說，好說，你們這是哪裡呀？」

「這裡是夏侯寨，我們都姓夏侯。」

文載道蹙眉道：「夏侯？嗯，歷史上有很多姓夏侯的名人⋯⋯」絞盡腦汁的想著。「有那個，那個什麼咧，很有名的⋯⋯？」

「我就叫夏侯有名啊！」一名老者驕傲的挺起胸膛。

寨民們也紛紛自我介紹：「我是夏侯有權⋯⋯我叫夏侯有臉⋯⋯我叫夏侯有勢⋯⋯我叫夏侯有田⋯⋯」

梳雲聽得頭痛：「好好好，都有都有，什麼都有！」

文載道還在搔頭苦思夏侯氏的名人。

夏侯有名嘲笑著：「你這書生根本是個假的嘛！」

一個醉醺醺的大漢從一間屋內走出，大剌剌的喝斥著：「你們又在幹什麼？叫你們別去招惹那群響馬，你們怎麼又不聽？」

梳雲怪問：「此人是誰？怎麼比寨主還大？」

呂宗布走過來，悄聲道：「他是朝廷派駐在這兒的團練使，名叫韓元魁。」

梳雲雖有疑問，卻不想理他，翹鼻子抬眼睛的哼了一聲，讓呂宗布碰了個大釘子，自覺沒趣的踅了開去。

夏侯有電屬聲道：「韓頭兒，你怎麼這麼說呢，難道要我們見死不救？」

寨民們紛紛附和：「對啊對啊！當然見死要救！」

夏侯有電轉身就走：「好啦，大伙兒練箭去！」

「走走走，練箭練箭！」大家全都跟著夏侯有電離去。

把個韓元魁氣得目瞪口呆，泥偶似的木立當場。

文載道暗笑。「看樣子，這個團練使的威望比寨主差多了。」

美酒像骨灰

老頭兒夏侯有名與小娃兒夏侯有蛋帶著梳雲、文載道經過山寨西側，數道山泉傾洩而下，許多婦女聚在泉邊濯衣洗菜。

她們見到梳雲走來，雖然好奇，可都不敢抬頭仰視。原來嫁入夏侯寨的外姓女子因為不會射箭，地位很低，而且終其一生不得出寨，形同奴隸。

不移時，來到一間布置簡陋、沒有隔間的大廳。

「這是我們的客館，你們可以暫時先住在這裡。」夏侯有名轉身離開。「我去取些酒菜來招待貴客。」

梳雲雙手插腰，環顧四周，極為不滿：「唉呀，真寒酸！」

文載道唉道：「能有安身之處就託天之幸了。唉，剛才嚇得我直打哆嗦！」

兩邊靠牆的架子上放著許多小陶罐，似是盛酒器具。已經快要變成酒鬼的文載道，隨手拿起一個酒罈，打開蓋子就往嘴裡倒，卻吃了一嘴灰。

夏侯有蛋笑道：「忘了告訴你，這裡除了是客館，也是祠堂，我們歷代祖宗的骨灰罈都存放在這兒。」

嚇得文載道把滿嘴的骨灰都噴了出來，嗆了個半死。

夏侯有名正好送飯進來，罵著：「你這假書生，搞得這什麼事兒嘛這是？」搶過文載

道手裡的骨灰罈一看，上面寫著「夏侯有劍」四個小字。

夏侯有名既驚又怒：「你怎麼把我爺爺給吃了？」

文載道再也忍不住，衝到門口大嘔特嘔。

梳雲忙過去安慰他：「沒事沒事，骨灰也挺有營養的。」

攪得文載道吐得更兇。

夏侯有名還在大罵，梳雲趕緊替他開脫：「你們可別小看他！我跟他只不過有數面之緣，他剛才卻拚死救我，這種膽量氣魄，簡直有資格進入史上百大排名！」說著，親熱的猛力一拍文載道的後背，害得他剛剛止住的嘔吐更為猛烈。「你雖然不會武功，可比大俠還要大俠，以後我要叫你文大俠囉！」

夏侯有名氣得走了；夏侯有蛋年紀還小，平常只能幹些打雜的活兒，聽得此言，猛搔頭皮，心中頗有感悟。

梳雲扶著文載道在飯桌前坐下：「文大俠，這兒有真的酒，喝幾杯吧。」一邊招呼有蛋。「你也坐啊，吃！喝！」

文載道喝了幾杯酒之後，又什麼都忘了，逕自蹲在地下整理自己摔爛的書箱，與一堆被攪得亂七八糟的書籍。

夏侯有蛋問道：「大姐姐為什麼會經過我們這鳥不生蛋的地方？」

梳雲有所隱瞞的唔哦著：「別問。」

「妳從哪裡來？」

「別問。」

「那，妳要往哪裡去？」夏侯有蛋問完，又自己搶著代答：「別問。」

梳雲笑著摸摸他的頭：「小傢伙還挺識相。」

一個身材圓滾滾的胖婦在門外探頭探腦。

夏侯有蛋道：「甄寡婦，幹嘛呢？要進就進唄。」

名喚甄寡婦的中年女子堆著滿臉謙卑笑意，端了幾盤菜進來：「這些都是我自己做來孝敬貴客的。」

梳雲又招呼著：「來，坐！吃、喝！」

甄寡婦嚇了一大跳：「我……不敢！」

「有什麼不敢的？」梳雲瞪眼。「叫妳坐，妳就坐，怕誰啊？」

甄寡婦只得把她肥大的屁股擺放在小板凳的小小一個角兒上，怪彆扭。

夏侯有蛋道：「韓頭兒還在找寨主麻煩嗎？」

甄寡婦悄聲問道：「是啊，他召集了一群人在議事大廳裡訓話，好討厭咧！」

梳雲不解：「剛才沒問清楚，那個什麼韓頭兒為什麼比你們的寨主還大？」

夏侯有蛋道：「他是朝廷派來的團練使，可是個官兒呢。」

梳雲皺眉：「團練使是什麼東西？」

「就是民兵隊長嘛。」甄寡婦失笑。「妳連這個都不知道，妳不是中原人哦？」

梳雲乾咳不休。

甄寡婦笑道：「我也不是中原人，嫁到這裡來，沒兩年就死了丈夫……」

夏侯有蛋哼道：「是不到一年吧！」

梳雲又道：「我們今晚要睡在這兒？那個……姓呂的也要來跟我們一起睡嗎？」

「他是寨主的貴賓，當然會被留在寨主的房裡。」

梳雲哼了一大聲，竟不知是高興還是失望？

文載道蹲在地下，整理完書籍，嚷嚷著：「渴死了我！」站起身來，又想去拿架子上的骨灰罈。

夏侯有蛋慌忙衝過去大嚷：「別吃我娘！」

梳雲無奈的大口喝下一碗酒：「唉，這個人的腦袋真的是沒救了！」

官僚的嘴臉

另邊廂，韓元魁把夏侯有電以及十幾名長老召集在山寨的議事大廳裡開會。

呂宗布在江湖上已有盛名，韓元魁雖不願他參與其中，但他已被夏侯有電請了進來，總不能把他轟出去。

說起這韓元魁，並沒多大本領，靠著點裙帶關係，竟弄得了個半大不小的團練使，沒事還可以耍耍官威、過過癮頭。

此刻他又拉下了一張官僚臉孔，沉聲道：「雖然我剛上任不久，但是這一帶的情形可沒人比我更清楚。當今時局大亂，弱肉強食，朝廷派我來夏侯寨，就是想要穩住這一隅。」

一名長老笑呵呵的說：「這有什麼問題，方圓五百里之內，誰敢來當我們的箭鋒？」

韓元魁乾咳兩聲：「我知道夏侯寨的戰鬥力很強，但畢竟人少勢微，所以行事必須保守謹慎，人不犯我、我不犯人。像今天，沒來由的招惹了翻山豹那幫人，對我們有什麼好處？」

夏侯有電抗聲道：「韓大人，今天這碼子事兒，怎麼能說是沒來由？難道我們就該眼睜睜的看著他們殺人越貨？夏侯氏自古以來就以濟弱扶傾為己任，若果見死不救，不但愧對歷代祖先，更令子孫蒙羞，還讓天下人笑話！」

韓元魁被這番言語堵得暗自惱怒，陰笑道：「我說你們啊，別是被那個女子的美貌迷惑住了吧？」

長老又笑呵呵的說：「韓頭兒，你這麼講就不對了，寨主對女色毫無興趣。」

韓元魁有意無意的瞟著呂宗布，悠悠道：「我說的又不是寨主。」

「那你是在說我囉？」呂宗布氣才一衝，夏侯有電已先自大怒：「韓頭兒，你別把大家都當成小人！呂老弟決定出手相救的時候，根本就不知道她長得什麼樣子。」

韓元魁擺出不可理喻的架式：「反正，那女子看著就是一個禍水！」

長老們紛紛皺眉：「韓頭兒，那你的意思是？」

「趁早把她趕走，留著她只會給全寨帶來噩運！」

夏侯有電一拍桌子，倏地起身：「夏侯寨決不做如此卑鄙之事！」

長老們也一起搖頭：「不妥！不妥！」

「你們聽我說，光是看那女子的眉眼就知道她不是個好東西……」

夏侯有電再也聽不下去：「散會！」當先走了出去，長老們也都捲堂大散。

呂宗布尋思：「夏侯寨果然好樣的！朝廷卻派了這麼樣的一個團練使，真不知是何道理？」

臨走前，竟見韓元魁一臉陰森的表情，很顯然，惡毒的算盤已在他心中成形。

原來是個賊窩！

這晚，梳雲喝得大醉，躺在簡陋的床上呼呼大睡，鼾聲震天，使得她身邊的幾個骨灰

罈子都跟著震動不已。

文載道翻來覆去的睡不著，終於咕咕噥噥的起身，走到房外，尋了個陰暗處，撩起衣服下襬，想要尿尿。

忽然，身後一個小木屋的門被人打開，透出微微燈火。

文載道不好意思被人看見自己隨地便溺，只得一邊跳、一邊收回小鳥，躲到一旁。

只見一胖一瘦兩個寨民抬著一具屍體走出。

文載道嚇了一大跳，躲得更隱密了一些。

那兩人抬著屍體走到山坡腳下，開始挖洞埋人，胖子一邊埋怨著：「這個真沒用，才來兩天就死了。」

瘦子哼道：「沒本領就別來，枉送性命。」

文載道驚悸暗忖：「難道他們竟在謀財害命？」

又聽胖子道：「成天埋這些傢伙，弄得手痠死了。」

瘦子唶道：「這些年已經埋了多少？怕不只上百人了吧？」

文載道這一驚，簡直如同天打雷劈，連氣兒都不敢出了。

忽見寨主夏侯有電從暗處悄悄逼近過來。

文載道心道：「好了好了，寨主來了，這兩個傢伙就要被逮著了，定會受到該有的懲

罰！」

胖子、瘦子渾然不覺的專心挖洞，直到夏侯有電走到他倆背後，輕咳一聲，他倆才猛然轉頭：「寨主⋯⋯」

夏侯有電眼中透出凜冽的光燄，冷冷道：「埋好了嗎？」

「快了！快了！」

文載道這一驚更宛若天崩地裂，原來這個白天裝出義薄雲天模樣的寨主，竟是殺人越貨的主使者！

文載道化作了一隻蝸牛，緊緊匍伏在地面上，直到他們埋好了屍體、離去之後，才用爬的離開現場。

搖醒酒鬼的報應

客館內，梳雲還在熟睡。

韓元魁悄悄來到窗外，向內窺視，想要偷偷進入。

就在這時，文載道慌慌張張的奔了進來，跑到梳雲身邊，輕輕搖著她：「梳雲姑娘，梳雲姑娘⋯⋯」

韓元魁詭計未能得逞，只得廢然離去。

「梳雲姑娘，妳醒醒！妳快醒醒！這裡是賊窩！」文載道搖了半天，梳雲仍鼾聲如雷，

文載道只得加勁搖撼，但梳雲不僅沒有醒過來，反而猛探左臂，箍住文載道的脖子，提起

右拳就往他頭上猛打，嘴裡喊著誰都聽不懂的話語。

文載道掙脫不開，苦不堪言。

文載道又痛苦的唔唔：「姑娘，別這樣……」

梳雲又捏住他的腮幫子，把他的臉揉成各種形狀。

梳雲卻又猛地抱住他，在他臉上吻了幾十下。

文載道被吻得暈陶陶，不知該哭還是該笑。

梳雲忽然醒了，發現文載道正緊緊抱著自己，還臉貼著臉呢！

梳雲勃然大怒：「你……色狼！」一拳打在文載道的鼻子上，使得他鼻血長流的倒地

不起。

梳雲又哈哈大笑起來，咕噥著奇怪的言語，睡著了。

文載道精疲力竭的爬回自己的床上。「唉喲，還是等天亮了以後再說吧！」

危機四伏

翌日一早，文載道醒來，已不見梳雲蹤影，心中自不免替她擔心，畏畏縮縮的走出客

館，四下閒逛打探。

他經過一口水井，一群婦女正蹲在井邊洗衣服，她們手裡都拿著一塊手指般大、白色有黏性的東西，把衣服洗得很乾淨。

甄寡婦齜開大嘴招呼著：「文大俠，睡得還好吧？」

「好，好，可有見著梳雲姑娘？」

甄寡婦伸手一指：「她往那邊去了。」

文載道快步來到廣場，寨民們又在練箭，夏侯有電居然沒事人兒一樣的站在一旁監督。

文載道望著他那一臉正氣凜然的模樣，心中直打哆嗦。「這傢伙可真是心狠手辣到了極點，衣冠禽獸是之謂也！」轉念又忖：「莫非全寨之人都是殺人不眨眼的盜匪？」如此一想，更覺寒徹骨髓。「我應該帶著梳雲姑娘趁早離開這鬼地方才是！」

渾頭小娃兒夏侯有蛋手中拿著一副小弓箭，一蹦一跳的走了過來：「寨主，讓我射一箭！」

寨民們都笑。「唉，有蛋啊，我們六歲的時候就能射天上飛鳥，你今年已經十歲了吧，能射什麼東西呢？」

「我……能射狗！」

氣悶已極的夏侯有蛋對著寨中的黑狗一箭射去，那黑狗先打一個呵欠，再隨便把嘴一甩，就把箭叼在嘴裡。

寨民們更闃然爆笑。

韓元魁走了過來，滿含敵意的瞪了夏侯有蛋一眼，找不到發洩的對象，只得把氣發在小娃兒頭上，對著夏侯有蛋咆哮道：「你根本沒救了，以後就別在這裡丟人現眼！」把手一揮。「後山的化糞池滿了，去清理乾淨。」

夏侯有蛋滿腹委屈：「我……」

「快去！」

夏侯有蛋只得忿忿走離。

文載道出於直覺，認為這個小娃兒應該不至於做出傷天害理之事，想找他問個究竟，便尾隨追去。

夏侯有蛋在前面東轉西轉的，忽然沒了蹤影，恰正來到昨夜抬出屍體的小木屋附近。

文載道勾著脖子望向山坡下昨夜埋屍的亂葬崗，兀自心有餘悸。

「莫非這木屋裡隱藏著什麼祕密？」

文載道鼓起勇氣，推門走了進去。

木屋內部侷促狹窄，什麼東西都沒有，也沒見著半條鬼影。

一驚。

文載道悄聲喚道：「有蛋？有蛋？」

沒人應聲，卻彷彿從地底傳出陣陣回音。

文載道愈來愈害怕，正想退出，韓元魁可鬼鬼祟祟的走了進來，兩人乍然相遇，都是

韓元魁一把抓住他：「我就知道你這小子有問題！」

文載道乾咳道：「團練使大人何出此言？你誤會了……」

「說！你跟那女子來此有何目的？」

「目的？沒有啊。」文載道莫名其妙。

「她到底是誰？」

「我不曉得，我前不久才認識她。」

韓元魁見他不像說謊，便鬆開了手。

文載道壓低聲音：「韓大人，我也覺得這裡頗為蹊蹺，很像是個賊窩，昨天晚上……」

一句話正打中韓元魁的心坎，也壓低嗓門說道：「你倒是個曉事的。朝廷派我來，不

只是要我當團練使而已，還要我暗中查案。」

「查案？」文載道又一驚。

「多年來，這附近有幾百個人無故失蹤，其中不乏各路的江湖高手，我前三任的團練

使也都死得不明不白，所以……」

「所以你還兼任捕頭？」

韓元魁點頭道：「我瞧你是個老實書生，跟他們也還合得來。你可否願意幫我一個忙？」

「怎麼幫？」

「盡量套他們的話，然後隨時上報給我。將來若能破案，我就上奏朝廷，保舉你得個一官半職！」

「好啊好啊！」事已至此，文載道不能不同意，但還沒來得及跟他提起昨夜寨民埋屍之事，韓元魁已高興的拍了拍他肩膀，出門離去。

「問題是……」文載道心中嘀咕不休。「套出他們的話來之後，我能記得住嗎？」

此時忽聞外面傳來喧囂人聲。

城寨攻防戰

翻山豹沒等太陽完全昇空，就迫不及待的率領眾響馬殺奔到寨前。

「你們考慮清楚了沒有？快把昨天的那個娘兒們跟馬車交出來，要不然殺光你們全寨大小！」

呂宗布、夏侯有電與寨民們早已登上寨牆。

「你們真不死心！」夏侯有電冷笑著拈弓搭箭。「給我聽清楚了，我這一箭要射那個頭戴牛角盔的右眼！」

戴著牛角盔的響馬嚇了一大跳，撥馬就跑，連他附近的響馬也都跟著跑了。

寨民們敲鑼打鼓，大聲喝采。

翻山豹獰笑：「好！這是你們自找的。」居然就此率隊退走。

寨民們紛紛嘲罵：「膽小鬼！夾著尾巴滾遠點！」

呂宗布沉聲道：「沒這麼簡單，他們定會偷襲，你們守住這裡，我去後山巡視一下。」

後山也有木柵高牆，負責守護的寨民絲毫不敢鬆懈，但呂宗布剛剛登上城樓，十幾名響馬已從對面的山頭上乘著大風箏從天而降。

呂宗布猝不及防，被他們團團圍住，寨民們都不及趕來救援。

危急間，幾支迴旋鏢射來，射死了兩名響馬，緊接著就見梳雲從城門樓頂翻身而下。

呂宗布淡淡一笑：「妳差點射死我。」

梳雲哼了聲：「我們扯平了。」

剩餘的響馬奮力攻上。

怎當得呂宗布神劍出手；梳雲又硬拳狠腳，渾身上下不知揣了多少亂噴亂射的暗器，

殺得響馬們東倒西歪，沒幾下便全都解決掉了。

山頭上的響馬又射出火箭，使得寨中的木造房屋開始起火燃燒。

梳雲驚呼：「怎麼辦？」

寨民們都一派輕鬆模樣：「不妨事，我們全寨上下平常都有做過演練，足以應付各種突發狀況。」

果不其然，在井邊洗衣服的婦女們一見火苗竄起，即刻不慌不忙、訓練有素的排成一列長長的隊伍，接力傳水桶滅火。

文載道恰正走來，甄寡婦隨手把自己洗衣服用的白色有黏性的東西塞在他手裡，加入傳水的行列。

夏侯有蛋挑著糞桶跑過來：「你還發什麼呆？快幫忙！」帶著文載道爬上一棟房屋的屋頂。

文載道發抖道：「我能幹什麼？」

「看著我，照做！」

原來每間房的屋頂上都早已備下了淫泥桶，夏侯有蛋挖出淫泥巴，塗抹在蘆葦製成的屋頂上，正可防止火攻。

文載道把手中那塊黏呼呼的東西塞入懷中，依樣畫葫蘆的幹活兒。

併肩作戰

梳雲與呂宗布來到正前方的城樓，望見遠處煙塵大起，著地捲滾。

梳雲凝神注目：「他們今日有備而來，多半帶了攻城的器械。」

夏侯有電恨恨道：「別擔心，夏侯寨是所有盜匪的天敵！」

不久，煙塵散去，現出了幾座雲梯車。

原來，翻山豹想要攻占夏侯寨已不止一日，早就製造了不少攻城器具，今日正好派上用場。

夏侯有電一箭射出，在雲梯車前發號施令的匪首應弦倒地。

翻山豹怒吼：「快推！殺光那群雜碎！」

寨民們箭如雨下，跟在雲梯車旁的響馬也用弓箭還擊。

幾輪射擊之後，響馬們已攻到城牆腳下，架起雲梯攻城，寨民則砸下巨石、潑下滾油，射得響馬人仰馬翻。

都是常見的手段；因為距離拉近了，梳雲各式各樣的暗器就更派得上用場，射得響馬人仰馬翻。

呂宗布與寨民們都看得嘖嘖稱奇。

翻山豹嚴屬督促部屬前進，兩部雲梯車已搭住了城牆，翻山豹親自率領著響馬往上爬，情勢愈顯危急。

韓元魁忽然衝上城頭，大喝：「他們只是想要那女子，把她交出去就好了！」

有些膽怯的寨民便即猶豫的望向夏侯。

夏侯有電厲聲道：「夏侯寨的人決不做這種事！」

梳雲撮唇吹出一聲口哨，她的幾匹駿馬立刻拉著馬車跑到牆角下：「殺退響馬，這一車金銀財寶都是你們的！」

呂宗布失笑：「夏侯寨要錢有何用處？」

梳雲幫他擋掉了一支來箭，一邊做了個大鬼臉：「我高興送給他們，不行嗎？」

呂宗布也幫她擋掉了一支箭：「我只是想教妳一些做人處世的態度。」

兩人併肩作戰，竟似有著幾十年純熟的默契。

這時，翻山豹已登上梯頂，飛躍而起，登上了城牆。

梳雲人還沒衝過去，七、八件暗器已先飛了過去。

翻山豹怒罵：「惡婆娘，等我抓到妳，有得妳好受的！」

梳雲大笑：「我正等著這一天呢！」

呂宗布二話不說，振劍上前，卻被梳雲擋住：「沒你的事，站到一邊去！」

呂宗布生性孤傲，雖然漸漸的對這個潑辣的姑娘產生了好感，但表面上死也不肯流露

出半絲半毫，裝出不屑的樣子，回身走開。

許多跟在後面的響馬也爬了上來，夏侯有電率領寨民拚死抵抗，他們的箭法雖強，兵刃器械卻不在行，一陣混戰之後，頗有傷亡。

呂宗布適時加入戰團，太阿神劍盤天揮灑，把攻上城來的響馬統統格斃。

翻山豹眼見勢頭不對，只得虛晃一招，逼退梳雲，跳下城牆：「你們等著，大爺非殺光你們不可！」

響馬們比來時更快的跑光了。

兩個最沒用的人

寨中的火已滅得差不多了，夏侯有蛋與文載道仍在各個房頂上塗抹淫泥。

夏侯有蛋眼見寨前寨後打得熱鬧，心中沮喪萬分：「你跟我是整座寨子裡最沒用的兩個人了。」

文載道安慰著：「你還小嘛，別喪氣，有句名言說是什麼天生我材……怎麼樣？」說到這裡腦袋又開始犯渾。「嗯？是天才生我？還是我生天才？」

夏侯有蛋笑道：「我只要看見你，就不會喪氣了。」

文載道想要打探夏侯有電殺人埋屍之事，又不敢直接就問，心中忖著：「這種事兒不外謀財害命，待我繞著彎子套他的話。」嘴上說道：「你們夏侯氏其實很勢利，名字不是

有頭、有臉、有權、有勢，就是有名、有錢，為什麼不取名有窮呢？是不是窮怕了？」

夏侯有蛋即刻停下手，扭頭看他：「耶，你怎麼知道我們是有窮氏的後裔？」

反而弄得文載道一楞：「你們真是有窮⋯⋯？呃，有窮氏？在哪本書上看過？」

「跟你說沒關係，反正你也記不住。」夏侯有蛋笑道。「我們都是有窮氏的子孫，有窮氏出了一個大大的名人，叫作后羿，這你總記得吧？」

文載道早就忘了前些日子才聽賀蘭樓真說過的那番話，絞盡腦汁的想著：「后、羿⋯⋯記得記得，箭神嘛，射太陽的那一個。」

「他不但會射太陽，後來還出過許多次任務，最有名的就是射殺怪物鑿齒與巨獸封豕。」

「沒錯。後來又出了一個后羿，但他就不是英雄，而是個梟雄。他本是夏朝的大將，卻發動政變，流放了夏王太康，由他自己號令天下。」夏侯有蛋說起這些掌故，滔滔不絕，顯然平常聽族中長老說過許多次了。「但他識人不明，寵信一個名叫寒浞的大臣，一天，他率領一群隨從出外打獵，回來時，剛入城門就被寒浞率兵偷襲，殺落馬下，用桃木棒擊死，還把他煮成了肉醬！」

文載道極力回想：「嗯，有人說，后羿不止一個？」

「好慘！」

「據傳，一個年輕的隨從在一片混亂之中，撿起了后羿的弓與箭，殺出重圍逃走。」

文載道再怎麼記憶不佳，腦中還是慢慢浮起了賀蘭樓眞的推論：「對了，我聽人說，『羿』有可能是一個代名詞，只要箭射得準，就叫作羿；也有人說，眞正神奇的是那把弓，無論是誰，得到了那把弓，就能成爲箭神。」

「嗯，你還知道得挺多的！」夏侯有蛋的臉上露出疑懼之色。

文載道興奮續道：「你們是后羿的後裔，所以一定擁有那把弓囉？就是你們寨主手上的那一把？」

夏侯有蛋猛搖頭：「我們都是靠苦練的。幾千年來，誰也找不到那把弓。」

「應該有很多人知道這個傳說吧？」

「當然有！聽說過的那些人都已經⋯⋯」夏侯有蛋愈益疑心。「唉，不講了，快塗！」

文載道想了想，指著密室：「我們去塗那棟小木屋？」

夏侯有蛋更顯慌亂：「那間不用塗！不用！」

文載道腦雖混沌，心中已有了譜兒。

不受閒氣的大小姐

廣場上一片凌亂，戰死的寨民被抬走；文載道、夏侯有蛋與甄寡婦等婦女忙著替傷者

包紮。

梳雲一走下城牆，就加入救助傷者的行列。

夏侯有電站在一旁，看著寨民死傷慘重，心中黯然。

韓元魁走到廣場中央，大聲道：「大家聽著，今天這件事情根本不會發生的，都是因為你們收留了不該收留的禍水與妖孽，如果大家還執迷不悟，滅寨之禍就近在眼前！」

夏侯暗中同意他的說法。

夏侯有電挺身而出，正欲發言；韓元魁把手一揮，眼望一旁的長老們：「你們怎麼說？」

「咳咳……這個嘛……通常是這樣，所以說那樣……不過嘛，總有一些……」

梳雲心中有氣，正想說話，被她照顧的傷者就在這時推開了她的手；梳雲不禁一楞。

一旁的甄寡婦冷冷發話：「這裡用不著妳幫忙，妳還是到別處去吧。」

梳雲本是大小姐脾性，怎能忍受這種羞辱與誣蔑，氣得跳起身來，大吼道：「真是笑話！難道我非靠你們不可？本大小姐走南闖北，縱橫天下，從來不看人臉色、仰人鼻息。

如果今天我給夏侯寨帶來了禍害，抱歉，來日必報。就此別過！」

抱拳一禮之後，大步走向寨門。

呂宗布本想追過去，又不願因此而表明了自己的心跡，轉頭正見文載道站在一旁，便

悄聲道：「你還不去把她勸回來？」

文載道如夢初醒，拉著夏侯有蛋就往外跑：「姑娘、姑娘，有話好說！」

韓元魁喝道：「你們兩個回來！」橫身想要攔住他倆，自己反被夏侯有電攔住。

韓元魁暴跳如雷，戟指夏侯有電：「就你跟我做對！把他拿下！」

寨民們沒一個想動手。

長老們紛紛打圓場：「韓頭兒，再商量，再商量⋯⋯有電，別這樣⋯⋯」

幾個長老攙住韓元魁、幾個長老勸著夏侯有電，一起走向議事大廳。

呂宗布猶豫了一會兒，也跟著走了進去。

九 怪胎

據說，狗最多一胎可生二十四隻，貓可以生十三隻，但肯定長相都不太一樣。

人類的多胞胎則多半長得一個模樣，然而一胎九個大概史上罕見。

現在，坐在議事大廳中的那九名黃衣人，簡直就像一個銅模澆鑄出來的，一般無二的金髮、一般無二的火眼、一般無二的扁鼻與一般無二的血盆大口。

剛走入大廳中的夏侯寨中人都怔住了。

他們是誰？怎麼進來的？坐在那兒又想要幹啥？

一肚子火的韓元魁又有了在眾人面前立威的念頭：「一定是賊人同夥，先把他們拿下！」

拔出大刀，衝上前去，對準正中央的那個黃衣人就砍。

下一刹那，他如同陀螺似的滾了出去，竟沒人能看清那黃衣人是怎麼出的手？

夏侯有電引弓搭箭，一箭射出，另一名黃衣人一伸手就把箭綽在指間，恍若捏住了一個玩具。

夏侯有電與長老們都呆掉了。

呂宗布最後進入，心知這群人的武功之高實乃今生僅見，緩步上前，行了一禮：「敢問各位如何稱呼？」

九名黃衣人齊聲回答：「大家都叫我們『太陽使者』。」

太陽使者？

可從沒聽說過江湖上有這等人物。

呂宗布又道：「各位來此，意欲何為？」

「我們愛來就來，愛去就去，誰管得著？」九名太陽使者齊聲應答，不但音質、腔調一模一樣，就連速度、用字遣詞都不差分毫，這種同步感應當真令人匪夷所思。

呂宗布冷笑道：「你們愛來，夏侯寨卻不歡迎，所以你們現在可以走了。」

太陽使者沉聲道：「你是寨主？」

「我只是一名過客。」

「那你有什麼資格要我們離開？」

呂宗布拔出太阿神劍：「是它看你們不順眼！」

太陽使者呵呵怪笑：「有窮氏的子孫也會用劍？倒要領教一下。」

「太阿神劍不殺無名之輩，一個個報上名來！」

右首第一人道：「我是旭陽。」

右首第二人道：「我是朝陽。」

接下來依序便是明陽、豔陽、正陽、烈陽、輕陽、斜陽與夕陽。

呂宗布將劍一領：「誰來賜教？」

旭陽緩步上前：「當然要從第一個開始。」

呂宗布見他空著雙手，便道：「請亮兵刃。」

太陽使者們齊道：「我們從來不用兵刃，你出手便是。」

呂宗布在當今武林中已是數一數二，從來沒有人敢如此輕視他，當下心火直冒，暗

道：「先給他們一個下馬威再說！」

王屋派劍法以黏、纏、轉、旋為主，施展開來就像一個大漩渦、一張大蜘蛛網，將對

手漸漸纏緊、慢慢捆殺。

但呂宗布剛才已經見識到對方的身手，知道這種方法收效既小又耗費時間，斷然決定改採快攻戰術，太阿神劍有若從幽冥之中掠出，倏忽間已指向旭陽右肩。

旭陽的動作也甚是敏捷，閃身避過的同時，高舉右臂，一掌劈下，呂宗布頓覺一股熾熱的氣流當面湧來，燙得他臉頰生疼，不由得撤劍退步。

其餘八名太陽使者笑道：「一郎的這招『旭日東昇』愈來愈爐火純青了。」

朝陽道：「該我了。」

旭陽一招即退，朝陽搶前，雙手猛推，熱氣更猛更盛。

「二郎的『朝氣蓬勃』也更顯精神！」

這套「太陽神掌」乃是介於人神之間的武學，共有九招：「旭日東昇」、「朝氣蓬勃」、「日麗風和」、「豔陽高照」、「日正當中」、「烈日炎炎」、「白駒過隙」、「斜陽淡暉」、「夕陽西沉」。

九名太陽使者都各只練一招，前三招開宗明義，中三招轉爲剛熾猛烈，後三招則最爲陰狠，殺人於無形。

呂宗布輪轉神劍，企圖以寶劍劍芒壓制熱氣，但那蒸浪般的氣流無孔不入，仍然滾燙直逼過來。

明陽緊接著出手：「日麗風和！」

熱氣雖然平和，卻有著一股讓人無法抗拒的暖意，直透心脾。

明陽退後，輪到豔陽高照了，烈燄開始發威，呂宗布只覺整個人都像被扔進了高溫烤箱中，全身的水分都將要被蒸乾。

正陽踏前一步，雙掌齊出，喝道：「日正當中！」

熾熱狂燄如海濤蓋頂、萬箭齊下，呂宗布的眉梢髮際都已著火，再也抵擋不住，一連十幾步退到了廳外。

夏侯有電急叫：「呂老弟，別管我們，你快走！」

呂宗布衡情度勢，心知今日決計贏不了對方，不如暫且退去再謀計較，把腿一蹬，向寨外逸去。

太陽使者動容道：「這小子厲害，居然接得住咱們五招，還能全身而退。」

廳內眾人雖已躲進角落，仍被這一輪神掌烤得眼冒金星、汗如雨下。

太陽使者轉而面向他們，齊聲問道：「王梳雲呢？」

夏侯有電愛理不理：「我們不知道這個人。」

「胡說！我們就是跟著她來的。」

昏頭搭腦的韓元魁這時才從地上爬起，恨恨道：「我就說她是個害人精！」又諂媚的

向太陽使者道：「她才剛走，眾位英雄現在去追，應該還追得上。」

太陽使者齊聲冷笑。「去！叫所有的寨民前來集合！」

美人中計

梳雲行走於鄉間小路，文載道和夏侯有蛋氣喘吁吁的追了上來：「姑娘，妳怎麼說走就走？」

梳雲哼了一大聲：「我不走，留在那兒被他們氣死啊？」

文載道唉道：「呂大俠很關心妳，叫我們來把妳追回去，妳就別亂跑了。」

梳雲心中浮起一陣暖意，臉上倔強不肯露出來：「哼，我要他關心我？」

夏侯有蛋笑道：「妳不想跟他那個啊？」

梳雲又羞又氣的給了他後腦袋一個大巴掌：「什麼這個那個？小娃娃頭，小心我閹了你！」

夏侯有蛋傻笑：「妳這樣亂走，不是事兒嘛！妳跑來這裡到底想幹什麼，總該跟我們說說，我們也許能拿個主意。」

梳雲想了想，決定吐實：「其實啊，我來這裡是為了要找一個東西……」

話沒說完，她就踏中了一個圈套，整個身體被繩網套住，拉上半空。

緊接著，幾名響馬從草叢中竄出：「小妞兒，這下子我們老大可樂了！」

文載道、夏侯有蛋賈勇想擋在他們面前，但兩下子就被打倒。

響馬們將整個繩網取下，放上馬背，呼嘯而去。

文載道嚷嚷：「咦，你們不把我們一起抓走啊！」

夏侯有蛋忍不住踩了他一腳：「你這傻瓜，哪有人想要被強盜抓的？」

文載道脫口而出：「你們不也是強盜？」

夏侯有蛋一楞：「你胡說些什麼？」

文載道把昨夜親眼看見夏侯有電督促寨民掩埋屍體之事說了一遍。

夏侯有蛋笑得打跌，繼而說出一番讓文載道傻眼的話語。

挖開一個大祕密

太陽使者命令所有寨民扛上工具，來到後山：「開始挖！」

大家不解：「挖什麼？」

「統統挖！」

這番挖掘直到半夜，太陽使者又將婦女們都集合起來，叫她們舉著火把，將後山照耀得有如白晝。

終於，一具尚未腐爛的屍體被挖了出來。甄寡婦與附近的寨民們有意掩蓋，但還是被

韓元魁看見了。「怎麼會有屍體？」

大家都沉默以對。

韓元魁搶過工具，自己亂挖一通，可又挖出了許多具白骨。

韓元魁怒罵：「我就知道你們是一群惡賊！」跑到太陽使者面前嚷嚷著說：「眾位英

雄請聽我一言，我是朝廷派來查案的！你們看，他們謀殺了多少人！」

太陽使者都露出沒有興趣的表情。

韓元魁只得再轉向寨民們怒喝：「如今事實俱在，你們有何辯解？」

寨民們仍然噤聲不語。

韓元魁逼近夏侯有電：「我要把你關進天牢，看你招不招供？」

夏侯有電嘆了口氣，淡淡道：「你想知道這是怎麼回事？跟我來。」

夏侯有電帶著一千人等進入那棟頗有嫌疑的小木屋，拉動隱藏在壁上的一個機關。

只聽「嘎嘎」聲響，地下的兩塊石板左右移開，露出了一條直通地底的石階通道。

韓元魁更加篤定：「若非賊窩，怎會有這種機關布置？」

「大家請進。」夏侯有電當先走了下去。

眾人跟著他摸黑走了將近百級石階，忽然眼前一亮，原來地底下已被挖出了個巨大無

比的洞穴，上百名亂髮蓬鬆，骯髒邋遢的漢子還在努力向四面挖掘。

「原來是綁架良民、壓榨勞工！」韓元魁嚴正指控。「你們逼迫他們挖什麼？」

夏侯有電冷冷一笑，拍了拍一名正在工作著的、滿臉鬍鬚的大漢：「『雙刀』袁淮大哥，我逼迫你們挖什麼？」

名叫袁淮的大漢怒道：「誰逼老子？誰敢逼老子？」

夏侯有電又拍了拍另一名老者：「我逼迫你們挖什麼？」

老者咕噥著：「還沒挖到，但是會挖到的，一定會挖到的……」

韓元魁一眼瞥見老者面容，大驚失色：「咦，你不是辛大人嗎？你應該是我的前任團練使，大家都說你死得不明不白！」

辛大人頹然道：「唉，找不到這個寶貝，就跟死了一樣！」

夏侯有電又指著遠處另兩名老者：「再前兩任的團練使都在那兒，你可以去打個招呼。」

韓元魁這下可結結實實的楞住了。

夏侯有電帶著大家在地穴裡遊走，一一介紹著那群形同苦力的各路英雄：「這位是形意門的掌門『鐵拳』霍連奇，這位是峨嵋三劍之首『拂風擺柳』江尚清，這位是八極拳的大護法『威震八荒』孟騰浪，這位是崆峒派掌門人的師叔『鬼影子』杜丹……」

終於介紹完了之後，夏侯有電才轉身瞪視韓元魁：「你搞懂了吧？他們都是聽到了傳聞之後，自己跑來亂挖的，我們想趕都趕不走！他們累死了、病死了，我們就幫忙抬出去埋掉，否則也不知該如何處理。」

長老們搖頭嘆氣：「這些年來，把我們的這座山挖得亂七八糟，萬一將來地震，會不會整座山頭都塌掉啊？」

韓元魁更呆了：「這……究竟是……？」回望太陽使者。「所以你們也是來尋寶的？」

太陽使者冷笑不語。

韓元魁猛地一拍前額：「天哪！這寶貝到底值多少錢？」

辛大人冷笑：「你就只知道錢，俗人一個！」

正在挖掘的各路英雄一起轉頭，齊聲大喊：「我們是在尋找后羿神弓！」

幸福的被綁架者

五花大綁的梳雲被按在擺滿酒菜的大桌前，翻山豹摟住她肩膀：「美人兒，喝一杯。」

梳雲眼見美酒當前，饞得口水都流了出來：「我很想喝，但我這樣怎麼喝？」

翻山豹大笑：「想騙我鬆綁？門都沒有。來，我餵妳喝。」

梳雲大喜：「乖！」毫不畏懼的大口喝酒，簡直就像巨鯨吸水，轉眼就喝掉了好幾甕。

響馬們群起抗議：「老大，她再這樣喝下去，我們窩裡的存酒都要被她喝光了！」

梳雲兀自嚷嚷：「不夠不夠！再來再來！」

弄得翻山豹不得不把她帶入房中。

梳雲高興的打著酒嗝，媚笑：「現在要爽一下了，對吧？」

「沒錯沒錯，妳真上道！」

「那還不快把我鬆綁？」

「別騙我，我不會上妳的當。」

「那你要怎麼弄呢？」梳雲索性往床上一躺。「來呀，快來呀，我已經慾火焚身了，你怎麼還沒動作呢？」

「妳以為這樣就不行？照樣！」翻山豹撲了上去，但下一刻他就痛得猛跳而起，用手摀住褲襠部位。「妳那兒藏著什麼東西？」

一把扯掉梳雲的裙子，她私處竟戴著一具鐵製的「貞操帶」，上面還有許多小尖刺。

翻山豹看不懂：「這是？」

梳雲哈哈大笑：「這叫『貞操帶』，見識了吧？來啊來啊，再來啊！我好想你哦！」

翻山豹猛搔頭，研究著那個怪東西：「嗯，有個鎖，鑰匙在哪裡？交出來！」

「鑰匙當然在我老家囉，笨！」

「這怎麼難得倒我？」

翻山豹喚來一個名叫「大南瓜」的部屬：「聽說你從前是天下第一神偷？」

「沒錯。」

「那就開吧。」

大南瓜望著半裸的梳雲，心猿意馬的蹲在她兩條大腿中間，滿頭大汗的弄了半天，怎麼也打不開。

翻山豹不耐的敲他頭：「你神偷個屁呀！」

「老大，沒開過這種東西啊！」大南瓜一邊偷瞟梳雲粉嫩的大腿，一邊抱怨著⋯⋯「而且，壓力很大啊！」

梳雲仰躺在床上，悠哉的喝著甕中剩酒：「這酒還不錯，就是不夠辣⋯⋯不夠味⋯⋯」

話沒說玩就嘔吐起來，吐得大南瓜滿頭滿臉。

腦袋終於修好了

文載道與夏侯有蛋追蹤響馬們的馬蹄痕跡，悄悄來到響馬窩外，躲在一塊大石後面窺視。

那是一個大山洞，守衛洞口的幾個響馬來回巡邏，蟲蟻難入。

夏侯有蛋膽怯的說：「我們真要救她啊？」

文載道說：「要不然咧？」

「但我們有什麼本領咧？」

「你說咧？」

「就沒咧。」

「只能見機行事囉。」

兩人悄悄靠近洞口，夏侯有蛋忽然有了主意，從地上撿起一個小石塊⋯「我朝那邊丟，

他們就一定會往那邊去搜，我們就從這邊溜進去。」

文載道大為贊同：「好主意！」

夏侯有蛋丟出石塊，響馬們卻馬上朝他們這邊衝殺過來。

兩人抱頭逃命，慌不擇路的逃了不知多遠，來到一處谷地，估量響馬們沒追過來，這

才虛脫的靠著一塊巨岩歇息。

東方已漸露曙光。

文載道的肚子裡直發「咕嘟」之聲：「一整天沒吃東西，餓死了，你有帶乾糧嗎？」

夏侯有蛋頹然搖頭。

文載道渾身東摸西摳，掏出昨日甄寡婦塞在自己手裡的洗衣服的東西⋯「這玩意兒能

吃嗎?」

夏侯有蛋大笑。「這是她們洗衣服用的,你怎麼會帶在身上?」

「忘了。」

「你想吃,就吃吃看唄。」

文載道把那白白黏黏的東西放在鼻子前面嗅了嗅,哪敢吃下肚去。

夏侯有蛋慫恿著:「吃啊,吃啊,其實那是一種果子,可以吃的。」

文載道傻笑:「真的嗎?」

夏侯有蛋趁他開口說「嗎」的時候,忽一伸手,把那東西塞入他嘴裡。

文載道想吐,已吐不出來。

夏侯有蛋捧腹大笑:「滋味不錯吧?」

文載道苦笑:「有點噁心,你真愛捉弄人。」

他的臉色突然變了,痛得抱住頭,呻吟出聲。

夏侯有蛋發慌:「你別嚇我,沒這麼嚴重吧?」

文載道深吸一口氣:「還好⋯⋯」

但下一刻,又痛得抱頭滿地打滾。

夏侯有蛋嚇得想哭:「你別這樣,我不是故意的。」

文載道滿臉漲紅，眼珠盡是血絲，痛苦痙攣了半天，終於平靜下來，躺在地上，仰面望著天空。

夏侯有蛋急問：「你還好吧？喂，你沒死吧？」

文載道臉上露出笑意：「我從來沒有這麼好過。」不停的轉動眼珠子。「我從前讀過的書，全都一頁一頁的出現在我眼前，就像我一伸手就能摸到那些書頁一樣。」

夏侯有蛋號啕大哭：「原來你馬上就要死了……你不要恨我啊……」

文載道翻身坐起：「原來這真是一種果實，櫪木的果實！《山海經》的〈中山經〉裡有記載：櫪木的果實如手指般大，白色有黏性，可以洗衣服，吃了以後可以過目不忘。」

這種果實進入人體之後，就分泌出一股白色的黏液，沖進腦血管，把原本阻塞的血脈全都打通，讓死去的腦細胞全都活過來。

夏侯有蛋驚道：「這麼神奇？唉，多少年來，我們只用它洗衣服。」

「反正你們也不讀書，沒差。」文載道背負雙手，踱著步子，連珠炮似的背著書，聲音快到根本聽不清楚他在背什麼。

三十六秒鐘之後，他停了下來：「四書都背完了，沒有背錯吧？」

夏侯有蛋楞楞搖頭，又楞楞點頭。

忽然，一顆長相怪異的人臉，睡眼惺忪的出現在巨岩的另一邊，冷冷道：「你少背了

一個字。」

文載道：「少了哪個字？」

怪人大吼：「你、們、吵、死、啦！」

夏侯有蛋笑道：「這是五個字兒啊。」

怪人氣憤離去。當他從巨岩另一邊「走」出來的時候，才發現他是一個人面蛇身的

人——他把蛇尾巴放在頭上向前蠕動，仍走得很快。

夏侯有蛋、文載道嚇得抱在一起。

怪人去遠了，文載道才想起什麼，悄聲道：「《山海經》的〈海外西經〉中記載，軒

轅之國的人，人面蛇身，尾交首上，就是喜歡把尾巴盤在頭上。」一拉夏侯有蛋。「我們

跟著他走！」

軒轅之墟

怪人來到一處方圓數里的高臺附近，突然消失不見。

文載道、夏侯有蛋登上高臺，四下張望一回。

「這高臺好像是人造的。」夏侯有蛋道。「建在這兒幹嘛咧？」

文載道低頭看著地面，高臺上的土地泛出紅、青之色，俯身抓起一把土，細細檢視，

發現砂土分為兩種，一種是細粒的丹砂，另一種則是青色的碎石片。

文載道喃喃道：「〈西山經〉中說：軒轅之丘，無草木，其中多丹粟，多青雄黃⋯⋯」

夏侯有蛋問道：「你又在咕噥什麼？」

文載道展示手中泥砂：「丹粟就是這種丹砂、青色的是雄黃。」再度環顧四周，挺胸宣告自己的新發現。「所以這裡就是軒轅之墟！」

鎖快開了

大南瓜仍在開鎖。

梳雲已躺在床上睡著了，發出雷般鼾聲。

大南瓜簡直受不了：「老大，你真的要她當壓寨夫人嗎？」

翻山豹也有點遲疑。「我已經開始後悔了。」

這時，鎖頭發出「卡嚓」一響，梳雲立即醒了過來。

翻山豹哈哈大笑：「鎖快開了！老子要爽啦！」

梳雲露出緊張的表情。

翻山豹樂道：「怎麼樣，笑不出來了吧？」

大南瓜弄了弄，依舊頹然：「這鎖有三道，開了一道，還有兩道。」

翻山豹氣得打他頭。

輪到梳雲了。

大南瓜卻又說：「不過我已經搞懂了，既然破掉了第一關，後面兩關應該也不難了。」

梳雲的笑聲瞬即卡在了喉管內。

這時，一名響馬來到房外，高聲道：「老大，外面有兩個人找你。」

翻山豹怒罵：「這個節骨眼兒上，我哪有空？叫他們滾蛋！」

「但他們說，有什麼優厚的交換條件。」

神弓的下落

文載道氣勢磅礴的負手挺立於大廳中央。

梳雲被五花大綁的推出來的時候，簡直不認識他了，不由暗犯嘀咕：「這呆子怎麼變了一個人？」

翻山豹一見是他，心裡就有氣：「你這傻瓜蛋，又來找麻煩！你要跟我交換什麼？」

「用一個寶物，交換梳雲大姐姐。」夏侯有蛋搶答。

翻山豹不屑冷笑：「你能有什麼寶物？」

文載道悠悠道：「后羿的神弓。」

梳雲大驚：「什麼？你知道了？不要告訴他！」

翻山豹捧腹大笑：「你們忘了，我是夏侯寨的人，從小就聽大家在講這傳說，聽得我耳朵都長繭了，我根本就不相信這一套！這些年有很多人跑去夏侯寨找這把弓，都是些瘋子、白癡！」

梳雲忙道：「對對對，不要相信，不要相信！」

翻山豹反而懷疑起來：「妳倒是很相信。」

梳雲強笑：「我？我哪有？」

翻山豹逼問：「妳也是來找它的，對不對？」

梳雲猛搖頭：「沒有沒有沒有！」

翻山豹愈發搔著頭皮：「看樣子，這傳說還真有點名堂！」

擅於考證的好處

文載道、夏侯有蛋帶著大家來到軒轅之墟。梳雲已然鬆綁。

翻山豹警告著說：「小子，你最好別要我，否則你會死得很難看！」

文載道胸有成竹：「當年，梟雄后羿被寒浞偷襲的那一天，他是出城去打獵，所以他應該不會帶著神弓與神箭。」

翻山豹點頭道：「沒錯，打獵何必用到神弓？」

「所以傳說中，他的隨從把弓箭帶走，交給后羿的子孫把藏起來，只不過是以訛傳訛。夏侯寨的人確實射得很準，

翻山豹猛一拍手：「我就說嘛，神弓根本就沒藏在夏侯寨。夏侯寨的人確實射得很準，

但還沒到『神』的地步。」

梳雲忙道：「那會藏在哪裡？」

文載道掃視眾人：「大家問問自己，你們會把最珍貴的寶物藏在哪裡？」

梳雲脫口而出：「當然是自己住處的附近。」

翻山豹邪笑：「就跟妳那把鑰匙一樣。」

夏侯有蛋怪問：「什麼鑰匙？」

梳雲又羞又氣：「閉嘴啦！聽文大俠繼續說！」

文載道道：「后羿放逐夏王太康，篡了夏朝，住進夏宮，所以神弓一定藏在他的寢宮

附近。根據各類文獻記載，夏朝尚是半遊牧社會，首都多達十九處，大夏、夏墟、陽城、

陽翟等等、等等，這裡也是其中之一。」

翻山豹皺眉：「那為什麼不會藏在其他的十八個地方？」

文載道道：「《山海經》的〈大荒西經〉中記載：有軒轅之臺，射者不敢西嚮射，畏

軒轅之臺；〈海外西經〉中也說：不敢西射，畏軒轅之丘。好了，射手為何如此敬畏軒轅

之墟？爲何不敢站在軒轅之墟，向西方射箭？可能就是因爲神弓藏在軒轅之墟的西邊！」

翻山豹連連點頭：「嗯嗯嗯，挺有道理！」

此時，夕陽正好西斜，夢幻般的陽光映在眾人臉上。

翻山豹喚來一名響馬：「你，朝西邊的太陽射一箭。」

那響馬依言一箭射出，飛到拋物線的最頂端時，地底突然衝上一道激光，使得那箭爆裂，化作粉屑。

翻山豹喜極，拍手大笑：「快！大家就從那地方挖下去！」

響馬們登時動手挖掘。

梳雲走到文載道身邊，責怪的擰了他老大一把：「你⋯⋯唉，你把祕密都洩露光了，大家完蛋！笨死了！」

夏侯有蛋不爽道：「喂，妳不謝謝我們救妳，反而還要怪我們？」

文載道問著：「妳想得到那把神弓究竟有何用處？」

梳雲頹喪不已⋯：「我⋯⋯現在說這些還有用嗎？」

另有目的

夏侯寨的地底洞穴中仍然忙碌著。

甄寡婦與婦女們抬入大桶大桶的食物，放飯給各路英雄。

甄寡婦的眼睛很忙碌，不停的四下打量。

韓元魁走到太陽使者面前：「眾位大俠，敝人代表朝廷，我們可不可以打個商量？」

「沒得商量。」

「唉，別這樣，你們何必與整個朝廷為敵呢？將來你們若能將那把神弓獻給皇上……」

太陽使者一起狂笑，震得眾人耳鼓發麻。

笑完了，豔陽才發話道：「你以為我們也跟他們一樣？錯了，我們真正的目的不是那把弓。」

韓元魁一楞：「你們不是在找弓？」

這時，有人大嚷：「這裡挖出了一個盒子！」

太陽使者與各路英雄都圍了過去，打開年代頗為久遠的青銅盒子一看，裡面竟只裝著一套《山海經》。

「噴！原來只是一疊爛書！」

大家都散開了。

太陽使者面面相覷之後，拿著那套《山海經》出了洞穴，走入議事大廳。

斜陽嘀咕著：「我們找的真是這個東西嗎？」

「先看完了再說。」

《山海經》全套十八卷，九名太陽使者人手兩卷的坐在大廳中埋頭苦讀。

無所不在的甄寡婦又送茶水進來：「大爺們，喝茶。」

太陽使者沒去理會她，甄寡婦臉上飄過一抹陰狠的神色，退了出去。

忽然，輕陽猛拍一下桌子：「有了！記載在這裡！」

其他八人都擠過來看書，繼而放聲狂笑，一起飛身離去。

神弓現蹤

旭日剛剛東昇，響馬群中便響起了一陣騷動：「老大，在這裡！」

翻山豹與梳雲、文載道等人都跑了過去。

響馬們從地下挖出了一把紅色的大弓和九支插著白色羽毛的神箭。

翻山豹接過大弓，拉了一下弓弦，只覺這弦不硬不緊，但彈性十足，頗有勁道。他也算是弓箭行家，自然愛不釋手，連聲道：「真是好弓！」

再瞧那九支箭，箭桿筆直，輕巧而又堅韌，竟不知是由何種材質造成，又讚不絕口：

「真是好箭！」

梳雲下定決心，走到他身邊：「翻山豹，我們談個條件。」

翻山豹冷笑：「妳能跟我談什麼條件？」

「我能讓你當駙馬爺！」

翻山豹楞了一下。

夏侯有蛋傻眼：「高麗國？」

梳雲挺胸道：「我姓王，哥哥是高麗國王，我是高麗國的公主。」

文載道撫掌而笑：「我早就覺得姑娘談吐不俗，必非常人。」

翻山豹似乎有點興趣了：「妳再說下去。」

梳雲道：「敝國朝中有個奸臣名叫金致陽，我得到可靠的情報，說他想用妖法祭起九顆太陽燒焦高麗，然後乘機篡位。」

「所以妳想用這把弓將太陽射下來？」夏侯有蛋很是興奮。

「正是。」

翻山豹失笑：「唉喲喂呀，這弓確實很好，但什麼后羿射日，不過就是騙小孩子的鬼話，你們還當真咧！我就射射看。」

翻山豹引弓搭箭，就想射太陽。

響馬們慌忙抱著頭、蹲下身子：「老大，別開玩笑！」

翻山豹一笑住手。

梳雲懇求道：「總而言之，如果你能拯救我國千萬黎民蒼生，我就……嫁給你。」

翻山豹遲疑著：「可我怕妳打鼾。」

「我……侍候你睡著了，再去別的房間打鼾。」

翻山豹摟住她肩膀：「娘子，我會好好疼妳的！」

梳雲技巧的脫開他的擁抱：「你答應了？」

「呃……既然得到了這寶物，總該先賺點錢才對。」

響馬們嚷嚷：「就是這樣！老大英明！我們再去攻打夏侯寨？」

翻山豹呸了一大口：「夏侯寨那種鳥地方，有什麼油水？當初若不是因為這美人兒，我才懶得攻打他們呢。」環目四顧，低頭沉思。「這附近最有錢的地方是哪裡？」

響馬們齊聲大叫：「鄭州！」

倒楣的知州

劍神呂宗布離開了夏侯寨與有窮氏之後，並未走遠。

他既已知道夏侯寨與有窮氏的關連，當然要完成宗布大神交付的任務，只是那九名太陽使者的武功實在太高，讓他不知怎麼辦才好？

此時的他還不真正相信神鬼之說，更不知那套「太陽神掌」並非凡人的武功，這就使

得他心生氣餒，認爲自己畢生所學不過如此，永遠無法企及對手的成就。

他這一輩子還未嘗過落敗的滋味，思前想後，羞憤難當，不知不覺的來到了鄭州。

鄭州知州何隆算是王屋派掌門人賀蘭棲眞的遠房表親，呂宗布順便拜訪了他一次。

哪知這何隆是個官痞子，見他一不送禮，二不阿諛奉承，招待他有何意義？冷淡得不

得了。

呂宗布討了個沒趣，更覺氣悶，只待了一天，便欲離去，剛剛走上大街就見百姓們亂

跑亂嚷：「響馬來攻城啦！」

呂宗布暗中皺眉。「倒沒聽說世上竟有膽子這麼大的響馬！」尋了個死角，躍上城牆。

翻山豹已率領著隊伍逼近鄭州城下。

梳雲駕著一輛做蓬馬車居中而行，文載道被打扮成諸葛孔明的模樣，頭戴綸巾、手搖

羽扇，端坐車上；夏侯有蛋則扮成了書僮，站在他身後。

這可讓呂宗布摸不著頭腦。「他們怎麼跟翻山豹混到一起去了？」

響馬隊伍來到城外停住，翻山豹朝著城樓上的士兵大吼道：「城上的鳥兵聽著，本

大爺手中握著的是后羿神弓，一箭就能把你們鄭州夷爲平地，還不快快投降，獻出滿城財

物！」

呂宗布心中一驚。「神弓竟被他所得？這可一定要搶過來！」從另一邊躍下城牆，悄悄掩向響馬隊伍。

知州何隆得訊，連忙登上城樓：「哪裡來的草寇，好大的膽子！」

守將上前稟報：「他說他有什麼后羿神弓。」

何隆鄙夷的撇了撇嘴：「原來是個瘋子，放箭！」

城牆上的官兵箭如雨下。

翻山豹冷笑：「不知死活的東西！」

響馬們齊聲嚷嚷：「老大，給他們好看！」

翻山豹彎弓搭箭，一箭射出。

那箭勢若奔雷，直射何隆面門。

立將何隆嚇得尿了一褲子，癱軟在地。

那箭卻如同導向飛彈，旋即改變方向，變成垂直的向倒在地下的何隆射落。

何隆只有抱頭等死的分兒。

不料那箭突然又改變方向，射了回去。

翻山豹驚視未已，那箭已正中他胸膛，使得他整個身體都飛了出去，一直飛出老遠才落下地面，已然氣絕身亡。

文載道、梳雲等人與響馬們全都呆住了。

何隆站起，擰乾褲襠，下令：「給我殺出去！」

官兵殺出城門，響馬們扭頭就跑，梳雲也趕緊駕著馬車，掉頭飛奔。

響馬們跑到翻山豹陳屍處，都不敢把弓箭拿起來。

梳雲駕車來到，跳下駕駛座，想要去取弓與箭。

文載道驚呼：「啊？妳還敢要？」

人影一晃，呂宗布正好趕到，與梳雲同時出手，兩人各自抓住神弓的一端。

梳雲怒罵：「你幹什麼？」

呂宗布毫不相讓：「這也是我要找的東西！」

文載道忙道：「你們別在這裡搶，先回夏侯寨再說！」

這提議倒是挺合理，呂宗布登時鬆手，讓梳雲拿著弓箭跳上駕駛座，繼續驅車前奔。

後頭，何隆率領官兵追趕，一邊大呼：「擒下那匪婆與狗頭軍師！」

文載道不由抱頭哭喊：「天哪，我竟成了反賊！」

誰才有資格？

夏侯寨的廣場上，寨民們群聚討論：「那九個怪人不知意欲何為？怎麼一下子全都跑

光了？」

夏侯有電沉吟道：「其中必有絕大的陰謀。」

韓元魁兀自渾身顫抖：「他們的武功高成那樣，天下有誰能夠制服他們？」

這時，負責把守的夏侯有名氣喘吁吁的跑了過來：「他們回來了！」

「啊？又回來了？」韓元魁嚇得縮起脖子，想找地方躲藏。

夏侯有名道：「不是啦，是『他們』回來了！」

寨門大開。

梳雲駕著馬車洋洋得意的進入，跟在後面的呂宗布不想引人注目，悄悄的順著暗影走入寨中。

「以後大家可以放心了，翻山豹已經死了，那幫響馬全都散了！」

夏侯有蛋當先跳下車，嚷著：

寨民全都高興的圍了過來。「真的啊？是誰殺了翻山豹？」

「是……」夏侯有蛋信口胡謅。「就算是我們三個一起殺的吧！」

寨民歡呼喝彩。

梳雲舉起手上弓箭：「這就是后羿的神弓與神箭，大家以後不用再費心尋找了。」

寨民們都呆住了。

消息很快的傳入地底洞穴，正在挖掘的各路英雄全都從那棟小木屋裡跑了出來，楞楞的看著梳雲手裡的弓箭。

甄寡婦擠在人叢中發話道：「能夠讓我們見識一下神弓的威力嗎？」

眾人紛紛附和：「對對對，見識一下！見識一下！」

文載道忙道：「這可不行！」把翻山豹的下場敘說了一遍。

眾人又都呆住了。

韓元魁皺眉道：「既然不能用，還不等於是個廢物？」

神弓的弓弦似在回應他的話，發出「叮」地一聲響，嚇得韓元魁軟腿跪倒。

夏侯有電道：「現在最主要的問題是，誰有資格用它？」

寨民們議論著：「當然應該是我們有竊氏的後裔才有資格！」

各路英雄極為不爽，崆峒派的「鬼影子」杜丹當先冷笑道：「這種神兵，沒本領的就不能用。你們這群鄉巴佬，誰有這本領？」

寨民們反唇相稽：「難道你就有本領了嗎？」

雙方愈吵愈激烈，生性最為魯莽的「雙刀」袁淮忍不住了，暴喝道：「光動嘴，能吵出什麼名堂？」虎地衝過來，一伸手就搶走了梳雲手上的弓箭。「我就不信老子不能用！」

就在此時，天空中傳下一聲尖嘶，正有一隻老鷹從遠方飛過。

袁淮喝道：「就拿那鳥試試！」對準老鷹一箭射去。

眾人都好眼力，見那飛箭迅若流星，勢道之猛銳更是遠遠超過人類的想像力。

老鷹遠在普通弓箭的射程之外，神弓發出的這支箭卻輕易的橫過不可思議的距離，準準的朝牠頭頂射去。

一箭正中袁淮胸膛，把他射了個透穿，還讓他順勢飛出七、八丈遠，牢牢的釘死在石牆上。

眾人全都嚇壞了！

就在箭尖已及老鷹頸上羽毛的那一瞬，那箭突然改變方向，比去時更快的飛了回來，

「必中無疑！」眾人心裡都這麼認為。

眾人嘆了口大氣：「凡天下寶物，唯有德者居之！」

文載道：「還有誰想試？」

梳雲慢條斯理的撿起弓，挖出箭，笑道：「讓有窮氏的子孫去試！」

「鬼影子」杜丹忙道：「讓有窮氏的子孫去試！」

寨民們忙道：「這些年來都是他們在找，讓他們去試！」

大家邊說，邊往後退，離神弓愈來愈遠。

呂宗布在旁冷眼觀看，心裡狐疑。「這弓我能用嗎？宗布大神要我找它幹什麼？又或者只是要我把它收藏起來？」

眾人像一群受驚的小鴨，擠在一起竊竊了半天，夏侯有電才道：「反正，這寶貝決不

能讓那幾個怪人得了去。」

梳雲忙問：「什麼怪人？」

夏侯有電道：「有九個穿著黃衣的怪人，自稱太陽使者，說是跟蹤妳過來的，武功高得出奇。」

梳雲大驚失色：「他們已經來過了？糟了！」

夏侯有名又跑了過來：「官兵殺來了！」

韓元魁指著梳雲大叫：「我早就說她是個禍頭子，這會兒連官兵都招惹上了！快開大門……」

話沒說完，就被一個站在他後面的人一拳打量。

出手者竟是前任團練使辛大人。

辛大人悠悠道：「既然當了團練使，就要有種！」

大戰官兵

何隆率領著鄭州官兵來到寨外：「快把匪首交出來！」

各路英雄鬧鬨鬨的登上城樓，朝城下大罵：「你們也想來搶神弓？我們找了這許多年，豈能讓你們撿了便宜？我們出去，把他們趕走！」

長老們慌道：「我們總不能公然反抗朝廷。」

各路英雄才不管這些，紛紛走下城樓，打開寨門，衝了出去，各展本領，殺入官兵陣中。

長老們只得大叫：「休傷人命！」

形意門的掌門人「鐵拳」霍連奇面若方塊，鬚如鋼絲，他自創的形意拳霸絕天下，每一出拳就打暈一個官兵。

峨嵋三劍之首「拂風擺柳」江尚清，身形瘦削，劍法柔軟如柳樹款擺，長劍揮灑之間，似有著奇妙的引力，官兵手中的兵器都被攪飛。

八極拳的大護法「威震八荒」孟騰浪拳勁既猛，又最擅長空手入白刃，一伸手就把官兵的兵器都抓了去。

崆峒派掌門人的師叔「鬼影子」杜丹，身體看似瘦弱，行動起來有若鬼魅，讓人無法捉摸。

鄭州官兵怎當得這群身懷絕技的武林大豪，不到片刻便被打得落花流水，卻沒死傷任何一人。

何隆兀自不識相的騎在馬上大叫：「殺光他們！殺光他們！」

忽然一道劍光掃過，他的頭盔便像塊豆腐似的裂成兩片，嚇得他倒跌下馬，又尿溼了

褲襠。

抬眼只見呂宗布冷笑著站在他面前：「何大人，還是回你的州衙裡去擺官架子吧，外面不是你能來的地方。」

何隆爬起，大叫：「退兵！退兵！」

官兵們狼狽退走。

各路英雄爆笑如雷。

解救世界的宣言

夏侯寨的廣場上大開筵席，眾人開懷暢飲，神弓、神箭被供在廣場正中央。

各路英雄喝一杯酒就嘆一聲：「終於找到弓了……以後不用再挖洞了……神弓神箭雖找到了，但又不能用，我們白忙了一大場……算了，回家養老去吧……全都是妄念！妄念啊……」

「鐵拳」霍連奇舉杯站起：「我敬夏侯寨全寨上下一杯！多謝各位這麼多年來的照顧與容忍。」

各路英雄齊道：「對對對！敬夏侯寨！這麼多年，打擾了！」

大家痛飲。

辛大人又站起：「老朽敬高麗公主一杯！」

大家又起鬨：「敬敬敬，敬美人兒！」

梳雲早已喝得半醉，也站了起來：「我要敬找到神弓、又救了我一命的文大俠、文才子、文大英雄一杯！」

眾人鼓掌喝彩。

夏侯有電道：「公主，那些怪人說他們的主要目的不是神弓，妳可知他們在找什麼？」

梳雲道：「他們是我國奸臣金致陽派出的妖人，自稱太陽使者，能驅動太陽。所以他們應該是在尋找當初被后羿射落，躲藏起來的太陽！」

眾人大驚。「真有這麼回事？」

梳雲又道：「傳聞他們毀滅高麗之後，還要毀滅整個世界！所以我必須阻止他們的野心陰謀！」

呂宗布直到此時，方才輕輕一嘆：「但妳能用這把弓嗎？」

梳雲心中雖然一沉，面上更顯倔強，大口喝下一杯酒：「反正我到時候拚死一試，成了就成了，不成不過一條命！」

眾人都尋思著：「這姑娘當真愧煞鬚眉！」

夏侯有蛋頭痛道：「妳要找太陽使者，他們則在找躲貓貓的太陽，好像很複雜咧！」

霍連奇道：「所以要先搞清楚，那些太陽使者會去哪裡找那九顆太陽。」

眾人都道：「這有誰會知道啊？」

夏侯有電道：「太陽使者找到了一部《山海經》之後就走了，可見《山海經》裡就有答案。」

「好咧！」梳雲一笑。「這個問題就要問文大俠，一定考不倒他。」

眾人都道：「聽說文大俠學富十五車，不，五十車，讀書過目不忘，乃天下奇才！」

文載道不好意思的搔著頭：「沒有啦……其實是……咳咳，別提了……」

「文大才子太謙虛啦！」

梳雲道：「你快考證那九個太陽可能的藏身之處。」

文載道不假思索的說：「根據《海外東經》的記載，從東南隅至東北隅，有嵯丘、大人國、君子國、朝陽之谷、青丘國、黑齒國，這就是我們要找的地方。」

「黑齒國？」眾人竊竊。

文載道道：「黑齒國住的都是黑人，連牙齒都是黑的，吃蛇為生。『下有湯谷』——就是溫泉。『湯谷上有扶桑』——就是扶桑木。『十日所浴，居水中，有大木，九日居下枝，一日居上枝』，就是說，十個太陽都喜歡在這溫泉裡洗澡。」

夏侯有蛋笑道：「啊？太陽還會洗澡？」

梳雲哼道：「就是躲在那裡唄。」

文載道道：「〈大荒東經〉中又說：大荒之中，有山名曰孽搖頵羝，上有扶木，柱三百里。這棵樹有三百里這麼高……」

眾人又「哇」了一大聲。

文載道道：「其葉如芥，有谷曰『溫源谷』，湯谷上有扶桑木，一日方至，一日方出，皆載於鳥。就是說，十顆太陽像走馬燈一樣的在天上跑，而且是由大鳥載著的……」

呂宗布皺眉：「由鳥馱著？聽起來不像是眞的太陽。」

「分明是邪法作祟！」梳雲拍桌起身。「我們明天就出發，去找那個什麼溫源谷！」

她此話一出，大家便都沉默下來，臉上好似都寫出了幾行字兒：

「我們」明天出發？

這「我們」是誰啊？

為什麼「我們」要去解救高麗國？

連文載道都傻楞楞的看著她。

韓元魁奸笑道：「雖說姑娘有一車財物，但大家可都不感興趣。」

梳雲眼見他們這副模樣，心中有氣：「你們放心，本大小姐從來不求人！」把酒杯重重一放，大步走離。

各路英雄俱皆失笑：「這姑娘的脾氣可真大！」

定情井

梳雲在井邊打水洗臉，想要洗掉心頭的晦氣。

月光下的她，清純皎潔，竟宛如下凡仙子。

呂宗布隱在暗處看著她，胸中五味雜陳。

她要弓，他也要弓，難道必須跟她翻臉？

他個性孤傲，本不會對這個豪爽、潑辣、粗野、任性的姑娘產生了點好感，但偏偏，一股莫名的吸引力從她身上散發出來，讓他非常不情願的陷了下去。

他走到她身邊：「又喝醉了？」

「我會喝醉？笑話……」梳雲說著，身體一搖晃，差點跌倒，呂宗布忙扶著她坐下。

梳雲打著酒嗝兒：「我問你，你想要那弓，幹嘛？」

「我有我的理由。」梳雲才一瞪眼，呂宗布又續道：「但我們也許並不衝突，也許我可以先幫妳解決妳的問題……」

梳雲立刻緊抱住他，高興的尖聲大叫：「真的啊？你真好！」

「我還沒說完。」呂宗布盡量裝作冷淡。「如果真能幫你們射下太陽，將來神弓還是

歸我；再者，我還不知道我能不能用那把弓呢！」

梳雲又有點洩氣：「是啊，到底誰能用那把弓？傷腦筋！」

「妳真要以死相拚？」

呂宗布敬佩她的膽氣，憐惜的說：「這些天，妳受苦了。」

梳雲笑道：「還好啦，幸虧有你們這些好人，文大俠、小有蛋……要不然我早就死透了！」

「要不然，眼睜睜的看著國破家亡？」

呂宗布完全沒有具體的答案。

梳雲緊盯著他問道：「你……很關心我的國家？」

呂宗布一搖頭，還沒說話，梳雲已促狹的逼問：「還是關心我？」

呂宗布臉上一紅，更說不出話。

梳雲臉上流露出難得的嬌羞：「你……喜歡我嗎？」

「還沒問你，你要跟我一起去，不怕危險嗎？你也知道太陽使者的厲害，我死了沒關係，你怎麼辦？」

一時間，呂宗布也答不出來。是想爭一口氣，打敗太陽使者，還是被愛情驅使？此刻的呂宗布完全沒有具體的答案。

「妳快點休息吧，接下來還有許多大事要做。」

已被逼到這死角，呂宗布只得點了點頭。

梳雲的語聲更柔膩了：「你喜歡我什麼？」

呂宗布難以招架：「妳……呃，妳的名字很好聽。」

梳雲大笑著推了他一把：「真的啊，梳雲，可以把雲梳過來梳過去，很空靈的感覺。」

呂宗布尷尬笑道：「你這人就是不肯說心裡的話！真有這麼丟臉嗎？」

梳雲道：「小時候，看見天上那種亂亂的雲朵，我就很想把它們梳得乾淨平滑，就像梳一隻小狗一樣，一直梳一直梳……」

梳雲邊說，邊梳著呂宗布的頭髮；呂宗布只得苦笑著讓她梳。

梳雲梳著梳著，竟靠在呂宗布的肩膀上睡著了。

呂宗布有些手足無措。

甄寡婦正好走來。

呂宗布忙道：「甄大娘，麻煩妳了。」

甄寡婦扶著梳雲走向客館。

呂宗布仍癡癡望著她的背影。

怪物鑿齒

客館內又鼾聲震天。

這回卻是喝醉了的文載道和梳雲一起打鼾。

甄寡婦假裝打掃著屋內，眼睛到處亂瞟。

她偷偷挨近掛在牆壁上的神弓，伸手取下，悄悄走到屋外，雙手橫執大弓，抬起右膝，就想把弓折斷。

但聽呂宗布的聲音在她身後響起：「甄大娘，我已經注意妳很久了。」

甄寡婦一怔之後，回首媚笑：「呂公子，我就知道你一直在暗戀我，嗯，你好壞！」

話沒說完，就猛地一拳打向呂宗布，勁道之強猛居然遠勝江湖一流高手。

呂宗布猝不及防，被她打退了好幾步，楞了半晌，又衝上前去奪弓：「這弓妳用不得！」

甄寡婦厲喝：「我不是要用它，我是要毀了它！」

一串快拳打來，呂宗布幾乎只有招架之力，心下驚忖：「她到底是何來路？」

梳雲被外頭激戰的聲音吵醒，衝了出來：「喲，原來這寡婦是臥底的！」

「沒錯！我為了這把弓，跟個奴隸一樣的隱身在這個爛地方受盡欺凌，今天總算有著落了！」

原來她嫁入夏侯寨是別有目的，怪不得她丈夫不到一年就死了。

呂宗布知她若要毀弓只是舉手之勞，心中焦躁，太阿神劍出手，手往後一縮；呂宗布掄轉劍背，在她手往後一縮；呂宗布掄轉劍背，在她

甄寡婦再強悍，也不能不顧忌此劍的絕世鋒銳，直指她左手手腕。

握弓的手背上一敲，神弓與神箭便都掉在地下。

甄寡婦桀桀怪笑：「好高明的劍法，我看你能強橫到幾時？」

甄寡婦高高躍起，身法竟輕捷異常，宛如一條鬼影，繞著呂宗布打轉。

梳雲笑道：「好胖的一顆球！」

她渾身暗器，可正是擅於輕功者的剋星，她又是飛刀、又是短箭的胡噴亂射，讓甄寡婦窮於應付。

文載道也被吵醒，頂著酒意，搖搖晃晃的跑出門外看見這一幕，慌忙大喊：「大家快來啊！殺人了啦！」

甄寡婦怒罵：「叫個鬼！」想要撲向文載道。

梳雲乘隙一鏢射在她背上。

甄寡婦不但沒有倒下去，反而被激得大怒，虎吼一聲，身軀驀然脹大了好幾倍，目若銅鈴，臉色紫紅，露出滿口鑿子似的利齒。

文載道大驚：「她……她是鑿齒的後人！」

傳說中，三千多年前，怪物鑿齒死於后羿的神箭之下，不料他居然還留下了後代。

甄寡婦怪笑：「你倒是個識貨的！」

巨大的怪物飛掄起磨盤大的雙拳，砸向呂宗布、梳雲。兩人縱然併肩作戰，仍被那剛猛無比的拳風打得節節敗退。

這時，全寨的人都被吵醒了，跑來一看，盡皆駭異。

文載道嚷道：「她要報仇，毀掉神弓！」

甄寡婦狂嘯：「毀了這弓，我就能獨霸天下！」

各路英雄雖然都不能使用神弓，但總不能眼睜睜的看著別人毀了他們這些年來的努力與心血，立即聯手攻上。

「鐵拳」霍連奇從左側突入，拳走偏鋒，接連兩拳打在甄寡婦腰間，發出「砰」然巨響。

世有所謂「太極十年不出門，形意一年打死人」，形意拳的猛悍可見一斑，霍連奇又是形意門的掌門，手下功夫早已爐火純青，這兩拳下去，連大象都打死了，但甄寡婦渾若無事，反而撲將過來。

「拂風擺柳」江尚清趕忙一連串快劍削向她面門。

甄寡婦張嘴一咬，竟把他的劍嚼斷，並且「嘎吱嘎吱」的吃了下去。

「威震八荒」孟騰浪喝道：「我打妳娘的妖怪！」

不管三七二十一，一拳打在她偌大的胸脯上，反而把自己彈飛出老遠。

眾人大叫：「妖婦難纏！」

梳雲抽空又射了她一飛刀。

甄寡婦暴怒如狂：「妳這賤人！」轉身撲向梳雲，只一腳，把她踢出七、八丈遠，緊跟著一拳擊下，眼看就要把她的腦袋打成碎片。

萬分危急之時，呂宗布忽見神弓神箭就掉在不遠處，不暇細思，衝過去抓了起來，一箭射去。

那箭勢若斬雷巨斧，筆直劈入甄寡婦雙眼之間。

「好個……宗布……」甄寡婦的頭顱流出紫黑色的鮮血，倒地斃命。

眾人膽怯上前，圍觀那巨大的屍體，好不容易才定下神來。

文載道撫掌大笑：「真命箭神終於出現了！」

各路英雄都道：「呂大俠不但是『劍神』，還是『箭神』呢！」

寨民們都道：「原來呂大俠也是我們有窮氏的後裔！」

呂宗布則在心內暗想：「不管怎麼樣，宗布大神的託付總算辦到了。」

梳雲因為之前已經得到了呂宗布願意幫忙的承諾，更是喜得跳上半天高：「我們高麗

有救了！」

不管三七二十一，衝上前去抱住呂宗布就是一陣狂吻。

眾人都笑：「好個不知羞的丫頭！」

夏侯寨內一片歡騰，沒人看見一輛張著四面風帆的飛車，從寨後小山上飛起，朝西方遠颸而去。

天大的陰謀

飛車橫過暗夜天際，來到洛陽的天下第一莊。

從奇肱國來的飛車小子任天翔下了飛車，走入清香四溢的大廳。

白玉一般的第五公子俞燄至正在品嘗嶺南特產的翠衫夏茶，他對面坐著一個怪人，臉部平坦得像一張扇紙，幾乎看不見五官的痕跡。

任天翔趨前躬身一禮：「稟報公子，呂宗布已經得到了后羿神弓，而且他確實能用。」

「好，你下去吧。」

俞燄至轉向那平臉怪人，悠悠笑道：「這事兒被我料對了──冥冥之中自有定數，箭神宗布與劍神呂宗布，果然有所關連。」

「公子參透天機，真神人也！」平臉怪人阿諛著，白紙般的臉上竟浮現出一幅雲彩飄

揚的圖畫。

俞燚至笑道：「造夢妖，你造給他的夢挺不錯的。」

原來這平臉怪物竟是個善於給人製造夢境的妖怪，升官夢、發財夢、高處摔下夢、踩到狗屎夢、損人精魄的春夢等等，那夜呂宗布所做的有關宗布大神的夢，就是由他所造的。

造夢妖的臉上浮現宗布大神站在桃樹下的圖形，苦笑著：「造這個複雜的夢，挺累的。」

俞燚至一笑：「現在你又要出動了。」

造夢妖的臉上現出樵夫在山中迷路的圖畫：「在下不解，公子還想要支使呂宗布做什麼？」

俞燚至喝了口茶，慢悠悠的說：「如今的高麗王名叫王誦，他手下有個奸臣叫作金致陽，一直都想篡位，兩年前便已投效於我，聽我的號令，所以我喚醒了太陽使者，命令他們找到九顆太陽後，去把高麗烤得一片焦黑，製造動亂，以便金致陽以此為藉口發動政變！」

造夢妖聽得暗暗心驚：「這個翩翩佳公子竟是個詭計多端、唯恐天下不亂的野心家！」

俞燚至又道：「但金致陽這傢伙奸狡成性，很難確實加以控制，膽子又小，成不了什

麼大事，所以我另外布置了一手棋。」

「就是呂宗布？」

「呂宗布在高麗算是外國人，難以一下子就爭取到民心。所以我先叫他去尋找神弓，再叫他射下太陽，這樣就能漸漸成為高麗人心目中的大英雄，進而推翻金致陽，統治整個高麗！」

造夢妖的臉上出現高麗宮殿的圖案：「原來公子是想當高麗的太上皇！」

俞餿至哈哈大笑：「你當我這麼小家子氣，一個高麗國就能滿足我的胃口？等呂宗布當上高麗王後，我會要他出兵征伐中原！當然，我還有其他的步數，到時候一起發動。」

造夢妖也興奮起來：「所以最終的目標是要毀滅大宋？」

「不。」俞餿至一笑：「他生性高傲，當然也很難掌控，但他有個致命的弱點！」壓低了聲音。

造夢妖忽又發著抖，臉上現出劍客斬魔的畫面：「問題是，那呂宗布會乖乖聽話嗎？」

俞餿至嫌他太笨似的皺了皺眉。「是要統治全世界！」

造夢妖忽又發著抖，臉上現出劍客斬魔的畫面：「你可知道他的身世？」

兩人竊竊私語、談得入港，都沒注意廳外大樹上懸掛著一顆比西瓜還要大的櫻桃。

梅紅寶劍

渾頭小道士莫奈何這些日子悶得發慌。

他想出各種理由去跟梅如是搭訕，但梅如是忙著鑄劍，根本沒空理他，所以他除了偶爾到紫雲觀去和師父提壺道人打打屁之外，幾乎無事可幹。

這夜，他煮了一鍋四神湯，又來到梅如是的鑄劍坊：「梅姑娘，別累壞了，該調理一下身體了。」

梅如是只是呆呆的坐在那兒，望著前方。

莫奈何順著她的眼光看過去，工作臺上放著一柄劍，隱隱透出梅紅色的光暈。

「沒看過這劍。」莫奈何楞楞道。「難道妳新鑄的劍已經鑄好了？」

梅如是仍呆著：「這劍……好嗎？」

沒經過大腦反應的莫奈何，興奮的一把抱住她：「妳成功啦！」

梅如是呆傻的笑著，毫不抗拒，大約半炷香之後才覺得不對，用力乾咳了一聲。

莫奈何也才察覺自己的魯莽，慌張縮手：「咳……失禮……」

「你們好甜蜜嘛！」六寸大的櫻桃妖的真身，冷笑著從窗口跳了進來。

「櫻桃，妳看這劍！」莫奈何歡喜嚷嚷。

櫻桃妖才一靠近工作臺，馬上就覺得一陣刺骨寒涼，嚇得躍上莫奈何的肩膀：「這

劍……好生刺人！」

莫奈何大力鼓掌叫好：「妖怪怕它，可見它是一等一的好劍！」

櫻桃妖沒好氣的扭住他的耳朵：「原來我是專門用來認證寶刀寶劍的？」

「這本來就是妳的功用之一。」莫奈何傻笑。

「好！那我的第二個功用，你們就不必知道了。」櫻桃妖轉身就往外走。

莫奈何聽出她話中有話，忙問：「妳又打聽到什麼了？」

櫻桃妖哼道：「你只會抱她，就不會抱我？」

莫奈何只得敷衍的摟了摟她的肩膀：「快說吧。」

櫻桃妖把剛才偷聽到的、俞餤至想要毀滅大宋、征服世界的計畫，一五一十的說了一遍。

莫奈何、梅如是俱皆大吃一驚。

「俞公子外表看起來人模人樣，不料骨子裡居然這麼狠毒奸險？」莫奈何直搔頭皮。

梅如是更顯憂慮：「他要我鑄劍，難道也是陰謀的一環？」

梅如是與櫻桃妖之間雖然芥蒂頗深，但畢竟她倆在崑崙山除妖一役中，曾經生死與共，她相信櫻桃妖決不至於編造這種謊言。

「這可怎麼辦？」

櫻桃妖倒是幸災樂禍：「反正不干我的事，你們去傷腦筋吧。」

這下該莫奈何揪住她的耳朵了：「喂，妳怎麼沒有半點忠君愛國的觀念呢？」

櫻桃妖嚷嚷：「你未免太可笑了，妖怪哪還有國界之分？」

梅如是想了想，收起梅紅寶劍：「總之，這天下第一莊不能再待下去了。」

莫奈何也想了想：「俞骰至的計畫能不能進行，還是個疑問，不如我們先去高麗國看看再做打算，」

「去高麗？」梅如是嚇一跳。「那有多遠？」

莫奈何臉上露出賊笑：「我自有辦法。」

野鷹一九七

飛車小子任天翔從奇肱國來到中原之後，沒半個朋友，只有莫奈何勉強算是個舊日相識，因此他倆走得還算近。

莫奈何等人來到莊內的飛車製造廠，剛回來的任天翔又在努力幹活。

「嘩，你這飛車廠的規模可比從前大多了！」櫻桃妖驚嘆。

「都虧俞公子的大力栽培。」任天翔顯得心滿意足。「過不了多久，就可以進行量產啦，每年三百輛沒問題。」

梅如是尋思：「製造出那麼多飛車，俞燊至的陰謀就進行得更快了！」

莫奈何走到一輛造型奇炫的飛車前，上上下下、前前後後的打量著。

任天翔趕緊跑過來，像介紹自己的小孩似的介紹著：「這是宋太宗太平興國五年生產的『野鷹一九七型』⋯⋯」

「我知道，都會背了啦！」八風帆，外加兩個渦輪小旋球，扭力特強，從零加速到一百只需十分之一炷香，對不對？」

任天翔甚是窩心：「小莫道長真是我的知己。」

莫奈何低聲道：「我今晚犯酒癮，想溜去揚州喝杯『北府兵廚』，你這飛車能不能借我一個晚上？」

「沒問題！」任天翔爽快答應。

莫奈何等人都已有駕駛飛車的經驗，很快的就飛上繁星萬點的夜空之中。

莫奈何好心建議：「飛到高麗大概需要兩天，大家先休息一下吧。」

櫻桃妖暗哼：「誰不知道你的心思，去什麼高麗國，不過就是想和梅如是多一些相處的時間罷了！要我休息，好讓你們情話綿綿？我偏不休息，叫你們有話也講不出來！」

抱著雙臂、鼓著雙眼，坐在兩人中間，死也不肯移動半分。

卻聽得陣陣鼾聲傳來。

「怪了，誰在打呼？」

車上三人都覺得毛骨聳然。

找了半天，才在車廂底下發現那隻白頭黑身的大肥貓，正窩得像個大絨毯，睡得又香又甜。

「混帳東西，故意躲這裡嚇人？」櫻桃妖掐了掐他肥得沒有脖子形狀的後頸。

「是你們擾人清夢，還怪我？」貓妖伸了個不見腰身的大懶腰，瞇瞇著惺忪睡眼，無辜的掃視眾人一回，最後緊盯莫奈何，嚥了口口水：「你就是天下第一處男？」

莫奈何沒好氣的敲了他的頭一下。

貓妖朝櫻桃妖眨眼睛：「要不要分我一點？」

櫻桃妖又敲了他的頭一下。

貓妖賭氣，轉向梅如是道：「我說梅姑娘，妳可要珍惜這個渾頭小道士喲！」

梅如是也敲了一下他的頭：「就沒見過你這麼多嘴的貓！」

貓妖嘆了口氣：「好啦好啦，我再去睡覺。」

呂宗布揹著弓箭，又行走在桃林之中，腳步輕快、心情篤定，因為他已完成了宗布大

神交付的任務。

但站在大桃樹下的宗布大神面容凝重，連巨虎小黃都搭拉下虎臉，一副很想咬人的樣子。

呂宗布上前交出弓箭：「終不負大神所託。」

宗布大神冷冷道：「你留著，下一個任務就會用到它。」

呂宗布微微一楞：「大神還有什麼吩咐？」

他此時已經認定自己與宗布大神有著某種神祕的關連，所以心中並沒有產生受人支使的屈辱之感。

「你要去射下九顆太陽，成為高麗國的大英雄。」

「威震高麗？這有何用？」呂宗布頗覺無趣。

「然後我要你率領高麗兵，進軍中原，打倒大宋趙官家。」

呂宗布這一驚非同小可，戟指宗布大神大罵：「你這妖人，怎能嗾使我去做亂臣賊子？」

「你稍安毋躁。」宗布大神冷笑連連。「你可知你的父母是誰？」

這是呂宗布一直渴望得到解答的問題，便即安靜下來。

「你的母親就是當今皇后劉娥，你的父親就是你那日解救的鬼魂──龔美！」

呂宗布呆掉了，自己竟是皇后的私生子？

「二十三年前，現在的皇帝趙恆強娶你母親為妻，又派人追殺你父親，你父親改名換姓，投靠呂家村，但仍躲不掉追殺，出於無奈，只得把你交給王屋派撫養，自己四處躲藏、忍辱偷生，最後仍遭到皇帝的毒手！」

這當然是一篇扭曲過的謊言。其實，那日支使崆峒派「黑面狻猊」伍壁刺殺龔美的正是俞皷至，目的就是要製造帝后之間的矛盾，不料卻被天下第一神捕姜無際識破，並將案子壓了下去。

不知命案原委的呂宗布止不住怒火中燒：「我父親是被皇上派人殺害的？」

「趙官家心狠手辣，你母親在宮中也無法自保，你若不起兵，就是坐視你母親喪命。」

呂宗布沉吟半晌：「我現在要怎麼做？」

「高麗奸臣金致陽企圖篡奪高麗王位，你等他成功推翻現任的國君王誦之後，再射下太陽，贏取民心，誅殺金致陽，名正言順的成為高麗王！」

呂宗布又一驚，暗道：「先讓金致陽殺掉王誦，自己再出手？但梳雲乃是王誦的妹妹，我已承諾要幫助她，這豈不是⋯⋯」

宗布大神早就看透了他的心思，罵道：「沒出息的東西！你若鍾愛梳雲、扶助王誦，說得好聽點是王家的駙馬，說得難聽點不過就是王家的奴才而已，怎能成就自己的大誦，

業？」

「大丈夫一諾千金……」

「歷來的開國者都是無賴惡棍，而不是什麼大丈夫！」

呂宗布想起這個后羿三千年前也曾篡奪夏朝政權，當即啞口無言。

宗布大神見他仍猶豫不決，厲喝道：「原來你只是個窩囊廢，我要你何用？小黃，吃了他！」

巨虎小黃後腳一蹬，飛撲而來。

這回，呂宗布根本沒有拔劍的念頭，毫不抗拒的在床上醒轉，陷入現實的煩惱當中。

趕走蒼蠅的方法

翌日一早，呂宗布才踏出臥室，就被各路英雄與寨民們包圍住了。

「大俠，早啊！睡得可好？」

呂宗布心裡懸著難以取決的問題，根本不想理睬他們，但不管他走到哪裡都有人緊緊跟隨。

韓元魁首先湊了上來：「呂大俠，借一步說話。」

兩人來到一座涼亭內。

韓元魁韶笑道：「先前多有冒犯，還望大俠別放在心上。」

「沒事，有話快說。」

韓元魁乾咳一聲道：「是這樣的，你也知道我姓韓，其實不是這個韓，而是寒冷的寒。」

呂宗布皺眉：「真有此姓？」

「祖上『伯明氏』，就是當年殺死后羿的那個寒浞的後代！」

呂宗布冷笑：「怎麼，我還沒找你報祖上之仇，你就先找上門來了？」

韓元魁慌忙躬身：「欸欸欸，小人怎敢？小人是想大俠幫我們伯明氏復國，復國之後呢，小人也不敢有何奢望，只當個宰相就好……」

他話還沒說完，就被後面的人一拳打量。

出手者又是辛大人。

「呂大俠，休聽他胡言亂語。正途的出身，應該是這樣——老夫向朝廷保薦您，等您用神弓立下大功、封侯拜相之後呢，您再保薦我，讓我當個『同中書門下平章事』什麼的……」

他話沒說完，就被「鬼影子」杜丹抓住脖子一扔，摔出老遠。「呂大俠，別被他們滿嘴的功名利祿沖昏了頭，你我武林中人當然就該獨霸武林、稱雄江湖！您用神弓打遍天

下，大家當然會擁護你當武林盟主，我呢，閱歷豐富，正可當您的大護法……」

呂宗布煩得不得了，亭外還圍著一大堆七嘴八舌的傢伙，渾若一群趕都趕不散的蒼蠅，當下一皺眉頭，計上心頭：「這樣吧，我有個計畫，大家不妨聽聽。」

「大俠快請示下！」

「我要動身前往高麗，射下妖人所祭的太陽，可有人願意跟隨我前往？」

梳雲被擋在人群後面，擠不過來，一聽此言，高興大叫：「對啊，大家一起去！」

呂宗布瞟了她一眼，矛盾的情緒齊湧心頭，硬下心腸不去看她。

梳雲見他這冷淡的模樣，不由一怔。

各路英雄聽見呂宗布的提議，俱皆心忖：「高麗國干我屁事？巴巴的跑得那麼大老遠的去孵鳥哇？」全都搖著頭散去。

梳雲有點不爽的走了過來：「這些人都沒有敦親睦鄰的胸懷，不管他們了，我們自己去就好。」

呂宗布冷冷道：「我也沒有要去啊。」

梳雲一下子楞住了。

「我剛才這麼說，只是想要把他們趕走而已。」呂宗布極力忍住心中的愧歉與痛惜。

「我不想把神箭浪費在妳的國家！」

「可你昨夜不是說……」

「昨夜是昨夜，今天是今天，我改變主意了，高麗國的事跟我無關。」呂宗布把頭一低，轉身就走，不敢再看梳雲一眼。

「你這人怎麼翻臉無情，說話不算話？」剎那間，梳雲氣得淚流滿面，嘶吼道：「算了，你滾吧，本大小姐不需要你的幫助！」

各奔東西

夏侯寨民們用車子裝著所有家當，牽老攜幼的走出寨門。

他們因為前幾天各路英雄抗拒官兵一事，生怕受到牽累，被朝廷怪罪；而且這些年來，山寨底部已被挖空，實已非安身立命的好所在，乾脆舉寨遷移。

各路英雄也都意興闌珊的踏上歸途。

峨嵋劍客江尚清與八極門的孟騰浪看見「鐵拳」霍連奇竟在翻查地圖，怪問：「你不回家嗎？離家許多年，竟不擔心家人？」

霍連奇笑道：「我那閨女霍鳴玉，個性獨立，一點都不用我操心。」

「你是第一屆洛陽拳鬥大會的冠軍，難道今年竟不衛冕？」

「拳鬥大會對我而言已無意義。」霍連奇又眼望地圖。

孟騰浪猛一拍手：「好哇！你今年不打，就看我的了！四年前，我只他娘的差那麼一步！」

「祝孟兄馬到成功。」霍連奇淡淡一笑。「只是對上我們形意門的時候，手下多留情。」

江尙清再問：「你到底想去哪裡？」

「我要去找傳說中火神祝融的長琴！」

孟騰浪失笑：「我看你他娘的真的是瘋了！」

「怎能這麼說呢？」霍連奇滿懷信心。「我們既然已經證明了后羿神弓是真有其物，祝融長琴當然也假不了！」

說得江尙清大爲心動，涎笑道：「霍老哥，那就算我一份吧！」

秀才永遠遇不到講理的人

文載道揹著他那幾簍書，剛走出寨門就被梳雲的馬車攔住。

「上車！」

文載道嚇一跳：「我……要回家囉。」

梳雲跳下駕駛座，跺了跺腳，哭得一枝梨花春帶雨：「文大俠，難道連你也不幫我

了？」

「我⋯⋯力有未逮，能幫妳什麼？」

「我不管嘛，你一定要幫我。」

「我我我⋯⋯還是回家好了。」

梳雲見撒嬌不管用，瞬即翻臉，一把抓住他衣領，拎小雞似的將他拎起，再有若拋擲一個大布袋，「刷」地一聲丟上馬車。

「姑娘⋯⋯呃，梳雲公主，請妳不要強人所難！」

「我沒有你怎麼行？萬一又要做什麼考證，我去找誰啊？」

「可我⋯⋯皇上已經降旨，今年秋天要加開『恩科』，我的腦袋已經修好了，一定要去拚個狀元！

「狀你個頭咧！」梳雲一巴掌打上他頭頂。「你若不幫我，看我會不會把你的腦袋再打壞掉！」

文載道欲哭無淚：「妳真比強盜還霸道！」

「這叫秀才遇到公，有理說不清！」

「什麼是秀才遇到公？」

「公就是公主嘛，笨！」梳雲翻開車廂座椅，從下面的儲物櫃裡取出了幾甕酒。「我

不會虧待你的啦！」

幾杯黃湯尿下肚，文載道又樂了：「跟妳一路，就這好處。」

「你快幫我考證一下，我們該往哪裡走？」

「這……」文載道的臉搭拉了下來：「神弓又不在妳手上，就算找到了太陽使者，妳要怎麼阻止他們呢？」

「還不簡單？」梳雲惡狠狠的催動馬車。「我跟他們拚了！」

寨牆上，一條孤獨的身影隱在暗處。

呂宗布望著梳雲的馬車離去，心頭落寞複雜。「我真要眼睜睜的看著王誦被奸臣所篡，讓梳雲國破家亡嗎？」

他，絕對無法容忍一手製造出這個痛苦的仇人。

雖然親生父母在他腦海裡只剩下非常模糊的印象，但從幼年就嘗夠了無父無母傷痛的

「梳雲，對不起了。」呂宗布心痛如絞的喃喃。「忘了我這個自私自利的小人吧！」

九顆太陽

谷中冒著騰騰熱氣，溫泉從石縫中流出，在谷底形成一泓大潭。

九名太陽使者來到溫泉旁邊，四下巡查了一回。

旁邊的山坡上，一棵大樹參天而起，看不見頂端。

夕陽喜道：「就是這裡了！」一起在潭邊坐下，唸動咒語。

溫泉大潭底部，九個圓圓的東西被水草、苔蘚纏繞著，似已度過了幾千年悠遠的歲月。

太陽使者持續唸誦的咒語透入水中，激起波漩，掃掉水草、撥離苔蘚，使那九個東西漸漸現出光澤。

原來竟是九面大鏡子。

太陽神鏡！

使者的咒語唸得更有力，潭底的太陽鏡愈閃亮，其中一面首先擺脫水草的糾纏，浮上潭面。

旭陽高興的把它撈起：「我先走一步，你們繼續。」帶著太陽鏡轉瞬便失去了蹤影。

秀才挨訓

梳雲的馬車駛入一個尋常的城鎮，找了家尋常的飯館。

小二端上飯菜，梳雲、文載道很快的吃著。

「嗯，這肉很嫩。」梳雲喚來小二問道：「這什麼肉啊？」

小二低頭唔呶：「是雞肉。」

梳雲又吃幾口：「騙人，明明是蛇肉！」

文載道一怔：「蛇肉？」

梳雲跳起，抓住小二，往他臉上一抹，白粉撲簌簌的往下掉，露出一張黑臉。

「給我看你的牙齒！」

小二強笑，露出了一口黑牙。

文載道大叫：「這裡就是黑齒國！」

小二搖頭：「黑齒國遠得很，還有一千多里，而且還要坐船。」

「胡說！你們統統都是假裝的！」梳雲隨手抓住旁邊的一名顧客又往他臉上抹，並沒

抹下什麼；再捏開他的下巴一看，牙齒也是白的。

那顧客痛得哇哇叫：「惡婆娘，如此兇惡怎地？」

小二連躬身：「各位客倌莫怪，我跟老闆都是移民。黑齒國真的還很遠！」隨手抓

過一張紙，畫了幅簡單的地圖。

文載道看了幾眼之後，收在懷裡。

梳雲頹然坐倒：「還有一千多里路？那我們一定趕不上他們了！」

文載道沉吟了一會兒：「其實，我後來想了想，我們不必追去溫源谷，他們應該會選

在高麗國的某處做法，我們直接去那兒阻止他們就好了。」

「可……他們會在哪裡作法呢？」

文載道道：「中原與高麗的分界線上有座高山，古稱『不咸山』，如今叫作『太白山』。」

「嗯，那倒是個做法的好地點，我們就往那兒去！」梳雲道。「回程要經過『大遼』國境，可得小心。」

「對於古籍不載的現實時事，文載道可就不高明了……「高麗與大遼的關係不睦？」梳雲不無嘲弄之意。「我問你，當今天下局勢如何？」

「呃，這個嘛，大宋在中原，北有大遼，西有夏國與歸義軍，南有大理，其他的都不知道了。」

「孤陋寡聞，莫此為甚！」梳雲終於逮著了教訓他的機會，當然得意洋洋。「你聽著啊，我們高麗是個小國，總是受到鄰近大國的欺凌，本來的國策是親宋抗遼，十六年前就與遼國大戰過一場，那時我還小，但仍記得契丹兵的兇狠。後來幾經談判，維持了表面上的和平。大遼現在的皇帝名叫耶律隆緒，不管事兒，國政都由太后蕭綽掌理，她是個很厲害的女人……」

「我看她一定沒有妳這麼厲害！」文載道傻笑。

梳雲笑吟吟的把他的臉頰捏成各種形狀：「我看你是找打！」

燒焦的國度

旭陽來到太白山巔。

他唸動咒語，沒多久，就飛來了一隻超級巨大的大烏鴉，馱起太陽鏡，飛上天空。

太陽鏡反射陽光，正像天上懸掛著兩顆太陽。

高麗國的農民們都駭異的抬頭看天，兩顆太陽射下的烈燄把農作物都烤焦了。

就在這時，莫奈何、梅如是駕駛的「野鷹一九七」飛車掠過天空。

高麗首都「開城」的街道上百姓群聚，也都驚惶失措的議論紛紛。

「果然真有太陽使者這種怪物？」

飛車降落在開城城郊，莫奈何揹起大葫蘆，手裡擎著上寫「雙眼覷破生死關，隻手扭開天地門」的招幌，笑道：「又要重操舊業了。」

梅如是出門在外，照例改成男子裝扮，與莫奈何一起進了城，走上大街。

莫奈何開聲唱道：「面相、摸骨、測字，樣樣精通；命運、財運、官運，一說就中！來，大叔，算個命吧？大哥？大嬸？」

滿街百姓都不理他。

原來，雖然滿街都是漢字，語言卻不通，他說的話沒人聽得懂。

櫻桃妖在葫蘆裡發話道：「需不需要翻譯啊？」

「妳會高麗語？」

「妖怪有什麼不會的？」

櫻桃妖有三種化身：美少女、妖嬈少婦與粗壯大娘。現在因見高麗婦女高頭大馬的居多，便鑽出葫蘆，化作了大娘造型，把莫奈何的宣傳詞句翻譯成高麗語宣唱著，居然吸引了一些人過來算命。

莫奈何相一個、說一聲：「唉，你活不過十天囉！」

弄得大家垂頭喪氣。

眾人繼續前行，一名身穿官服的中年男子正站在路口的一個高臺上，大聲宣稱：「主上無道，上天降災，如果我們再不想辦法祈福消災，上天會降下更嚴厲的懲罰！」

百姓亂鬨鬨的問道：「要如何祈福呢？」

那官兒舉臂大叫：「最簡單的方法就是叫昏君禪位！」

櫻桃妖拉住一個百姓問道：「他是誰啊？」

「『右僕射兼三司使』金致陽。」

「就是那個奸臣，看我去拆他的臺！」櫻桃妖扭動水缸一樣的屁股擠開人群，衝到臺

下，大聲叫道：「金大哥，要不要我們替你算算命啊？」

莫奈何一陣胡亂掐指，還沒開口說話，剛才被他算過命的人都一起嚷嚷……「你活不過十天囉！」

金致陽見他們居然敢來鬧場，正想吩咐隨行的家將把他們剁成肉醬，櫻桃妖大腳一掃，那高臺便傾了半邊，金致陽立時滾落臺下，摔了個四腳朝天。

金致陽氣得七竅冒煙，躺在地下大叫：「哪裡來的蠻夷野人，給我拿下！」

金府家將潮湧而上。

櫻桃妖笑道：「老娘東南西北都打遍了，就是還沒打到這裡來，今日可讓我嘗嘗鮮！」掄起罈大拳頭，敲釘子一樣，把當先的七、八名家將全都敲到了地裡去。

其餘家將亮出兵刃，胡揮亂砍的攻上。

紅光一閃，那些刀啊槍啊的，全都斷成了兩截。

卻是梅如是手中的梅紅寶劍！

不說家將們傻了眼，連櫻桃妖都嚇得跳出幾十步，抗議道：「妳別亂來好不好？差點把我的精魄都攪碎了！」

梅如是也沒想到自己新鑄成的寶劍竟有這麼大的威力，把自己也嚇呆了。

街上自然一陣大亂。

「莫奈何等人已鬧夠了，正想乘亂出城，幾名內侍匆匆趕到，行了個大禮：「大王有請各位入宮。」

「好厲害的天師」

有史以來，朝鮮半島就紛爭不斷，歷經了兩次三國時期，一直到七十三年前，才由王建完成統一大業，號稱「高麗王朝」。

六傳至王誦，今年二十九歲，他受制於權臣金致陽已不止一日，正沒個計較，不料現在天上又冒出了兩顆太陽，攪得他焦頭爛額，群臣也都束手無策。

這日他正在宮內焦急踱步，聽說有三個中土來的人把金致陽打了一頓，便命令內侍快快請入這三位奇人。

莫奈何等人來到王宮，見禮已畢。

王誦見這莫奈何雖然長得憨頭呆腦、貌不驚人，但已聽說他身邊的隨從神勇難當，一個拳如猛雷，一個劍若閃電，心中自然生出禮敬之意，小心翼翼的問道：「敢問天師上人，予的命運如何？」

莫奈何連手指都不掐了，隨口便答：「烤得焦焦的，死無葬身之處。」

櫻桃妖心想：「這渾頭可真是烏鴉嘴！」立將他的話翻譯成：「陛下萬壽無疆。」

王誦一聽，大為高興：「再請問，予下一步該如何？」

櫻桃妖向莫奈何道：「你不用管他問什麼，只要掐掐手指，然後亂數一些數兒，就可以了。」

莫奈何依言說道：「一二三四五六七八。」

櫻桃妖即對王誦道：「先殺了金致陽再說。」

一句話正中王誦心坎。「這道士真乃神人也！」嘴上又問：「天上出現了兩個太陽，怎處？」

莫奈何道：「八七六五四三二一。」

櫻桃妖隨口亂答：「上人自有『射陽兵團』。」

她的回答都是八個字，恰正符合莫奈何的嘴型，使得王誦深信不疑。

「天師竟已準備好了伏魔大軍？」王誦佩服得五體投地。「要在哪裡伏魔呢？」

莫奈何道：「四三二一八七五六。」

櫻桃妖道：「這就要反問陛下了。」暗暗踩了莫奈何一腳，莫奈何馬上又道：

「三三八八六四五二。」

櫻桃妖接道：「何處適合妖人做法？」

王誦想了想：「妖陽似乎是從北方的太白山上昇起來的。」

「好咧，咱們這就去走一趟。」

莫奈何等人得了一堆賞賜，離去後，王誦猶對內侍嘆道：「中土來的天師法力如此高強，我們高麗怎麼就出不了這麼厲害的道士呢？」又嘆：「天師身邊的那個通事譯官大娘，體壯如牛，心細如髮，比本朝最能幹的大臣還要幹練幾分呢！」

飛入敵營

「野鷹一九七」瞬間飛至太白山頂，正見一隻巨大怪鳥馱著一個太陽鏡在天空中來回盤旋。

莫奈何道：「櫻桃，妳能把牠打下來嗎？」

「那是火鳥！」櫻桃妖白了他一眼。「你又不是不知道我怕火？」

低頭又見一個身穿黃衣的怪人坐在山頂上唸咒。

「那就是太陽使者？」梅如是道。「妳能擊敗他嗎？」

櫻桃妖打了個寒噤：「太陽使者是介於神和妖之間的某種東西，比我厲害多了！」

旭陽見天空上橫過一個怪東西，臉色一沉，把手一揮，那火鳥便馱著太陽鏡俯衝而來。

鳥還未到，一股強烈的光燄已烤得眾人有如蒸籠裡的饅頭，不停的發脹。

櫻桃妖大叫：「我這果子快要被烤得烤爆了，快跑！」

莫奈何啓動飛車渦輪，加速逃離現場，一邊發愁道：「光憑我們三個人，怎樣才能阻止俞嶽至的陰謀？」

梅如是想了想：

莫奈何唉道：「邢大掌櫃因爲龔美之死，正在整頓進財大酒樓的財務，他才沒空管這件事哩。」

梅如是道：「一是回洛陽去請邢進財大掌櫃召集刑天的子孫。」

莫奈何唉道：「邢大掌櫃因爲龔美之死，正在整頓進財大酒樓的財務，他才沒空管這件事哩。」

櫻桃妖笑道：「他的本性還是視財如命，改不了的。」

梅如是續道：「第二就是，找到劍神呂宗布，告訴他被騙了，勸他反正！」

「可我們又不認識呂宗布，他會相信我們的話嗎？」

「這就要靠項宗羽大哥了。」梅如是嘆了口氣。「但他又不知跑到哪裡去了。」

又飛一程，來到一處大草原，俯瞰地面，雖有幾座建築宏偉的宮室屋宇，其餘則都是帳棚，大片大片裝飾華麗的布幕如同織錦般的鋪在大地上。

「這裡已經是大遼國境。」自幼博覽群書、留意時事的梅如是做出判斷。「下面這一大片，有可能是『東京』遼陽府。」

莫奈何這方面的常識幾乎等於零，只能瞪眼發楞而已。

梅如是道：「大遼乃是契丹族於九十三年前創建的國家，開國君主名叫耶律阿保機，一統北方；中原的『後晉』石敬瑭拜遼帝爲父，跟他們借兵滅

從五代十國時期開始強盛，

了『後唐』，雙手奉上『燕雲十六州』作爲酬庸。我『大宋』建立後與他們幾番激戰，勝負互見，至今仍是我大宋最大的敵人！」

「既然如此，我們就別在這裡降落了。」

一個聲音在車廂底部抗議道：「我才不管什麼敵人不敵人，我只知道我快要餓死了，難道你們都不用吃東西的嗎？」

原來是那黑頭白身的貓妖睡醒了，按照懶貓族的習慣，飽了便要睡，醒了便要吃。

聽他這麼一說，眾人倒也覺得饑腸轆轆，剛才在高麗王宮匆忙來去，雖得了一堆金銀財寶，卻未曾進餐。

「好吧。」莫奈何顯現出難得的將才。「耗費敵人的糧食也是一種戰略。」

小氣的遼兵

飛車藏進了草堆，眾人徒步前往帳棚聚集處。

「大遼不是很強盛嗎？怎麼連棟房子都沒有，還住在帳棚裡？」莫奈何不解。

梅如是道：「大遼尙有遊牧民族遺風，實行『捺鉢制度』，所謂捺鉢即是行在所、行宮之意，也就是說皇帝並不固定住在同一個地方，而是跟從前一樣，隨處駐蹕，群臣也都跟著巡行。」

「人家住帳棚多舒服，哪像你們這些蠢蛋喜歡住在屋子裡，就跟住在墳墓裡差不多。」

貓妖一針見血。

貓是隨處可睡的動物，當然比較喜歡那樣的生活。

梅如是續道：「大體來說，大遼有春夏秋冬四捺缽，遼陽府為夏天避暑之地，為夏捺缽。」

莫奈何嚇一跳：「所以大遼皇帝正在這裡？」

「不無可能。」

正說間，一小隊遼國騎兵迎面而來。

「糟了！」莫奈何暗中戒備。「又要打架了！」

梅如是笑道：「別緊張，大遼境內各種民族都有，朝廷也視各民族的風俗不同而分開治理，全不干犯，所以我們穿著中原服式不足為奇。」

那隊遼兵來到面前，喝問：「有沒有見到一個年輕女子？」

櫻桃妖什麼話都會講，用契丹語回答道：「年輕的沒有，上了年紀的倒有我一個。」

遼兵都止不住發笑：「大娘想我們啊？我們可沒興趣。」縱騎絕塵離去。

貓妖笑道：「莫非妳想騙他們的元陽來滋補一下？」

一面搔首弄姿。

櫻桃妖� 了一口：「彎子恁地小氣！」

莫奈何放鬆心情，尿意便湧了上來，走到路邊草叢裡去撒尿。

只聽得草叢裡一個女子嚷嚷：「你這個人怎麼搞的，隨地亂尿，尿了我一身！」聲音

雖然嬌脆，音量可大得嚇人。

梅如是、櫻桃妖都不禁一楞：「這聲音好熟啊？」

接著就見那女子由草叢中跳出，竟是夏國公主趙百合！

公主逃婚

今年三月間莫奈何等人於赴崑崙山除妖途中，曾經路過夏國，趙百合以她獨到的眼光

看上了當時還是一具「行屍」的顧寒袖，想要招他為駙馬，弄得莫奈何等人狼狽而逃。幸

虧這椿婚事未能成功，要不然她早就被顧寒袖給吃了。不料今日竟在此處重逢。

「梅太傅？」趙百合興奮的抓住男裝的梅如是。「顧太傅呢？」

莫奈何暗自好笑：「她竟還未對顧寒袖忘情。」

梅如是問道：「妳怎麼會來這裡？剛才那隊遼兵是在找妳嗎？」

趙百合把嘴噘得老高：「我哥說什麼要跟大遼和親，硬把我嫁給了大遼皇帝。」

莫奈何道：「這有什麼不好？妳別太挑剔了。」

趙百合拉起大嗓門直嚷：「那個耶律隆緒已經三十九歲了，根本是個老頭兒，而且他娶我又不是當皇后，只是個嬪妃，我才不當小老婆呢！」

「所以妳就要逃婚？」莫奈何、梅如是啼笑皆非。「妳也太任性了！大遼國境如此廣闊，妳怎麼逃得掉？」

趙百合哭了起來，嗓門就更大了：「我知道我逃不出去，但我寧死也不願意嫁給那種東西！」

莫奈何笑道：「妳別傷心。按照常理來說，妳一輩子都別想逃出遼國，但妳遇見了我們，可就另當別論了。」

趙百合喜得抱住莫奈何：「小莫國師，我就知道你最有辦法了！」

莫奈何得意洋洋：「妳哥哥封我當國師，我當然要幫夏國的忙。走，回去坐飛車，只要半天就回我們大宋了。」

趙百合更是興奮：「耶！去大宋，我最喜歡啦！」

貓妖抗議道：「我們不是要找吃的嗎？」

趙百合差點暈倒：「這貓怎麼會說話？」不過回想起莫奈何這群人的諸多怪異行徑，也就見怪不怪，打開自己隨身攜帶的包袱。「這裡有許多乾糧，是我準備逃亡時吃的。」

大家邊吃邊往回走，走不多久，卻見剛才那隊遼兵停在前面，正跟一個駕著華麗馬車

的年輕女子爭執不休。

那女子潑辣已極，把那些遼兵罵了個狗血噴頭。

一名遼兵受不了，一拳打過去，那女子左手一揚，一道寒光射出，那遼兵登即血流滿面，眼睛已瞎了一隻。

梅如是「唉」了一聲道：「那不是梳雲姑娘嗎？」

一句話還沒說完，就見梳雲手指腳畫，又七、八件暗器射出，把遼兵射倒了五個。

剩下的遼兵齊發一聲喊，策馬逸去。

趙百合拍手笑道：「好厲害的姑娘！」

梳雲轉眼見到莫奈何等人，也是意外萬分：「你們怎麼會在這裡？」向馬車中大喊：

「文大俠，你的好朋友來啦！」

莫奈何、梅如是微微一怔，心忖：「文大俠是誰啊？」

滿臉傻笑的文載道從車廂中走出：「梅妹、小莫道長，別來無恙？」

梅如是又一楞：「文大哥？」

幾人見了面，自是一陣閒聊瞎扯，每個人都搶著說話、都有說不完的事，卻把櫻桃妖這個沒人認識的大娘化身冷落在一旁。

櫻桃妖眼見梅如是、梳雲、趙百合這三個美女湊在一起，爭奇鬥豔，好不讓人眼花，

心裡直後悔剛才竟沒挑選美少女的化身，現在也可跟她們較量一下。

眾人閒話未畢，已見後方煙塵大起，大隊遼兵殺了過來。

莫奈何大叫：「櫻桃，禦敵！」

櫻桃妖暗罵：「打架的時候就想到我了，非讓你們吃點苦頭不可！」來了個雙手插腰，相應不理。

梳雲想發暗器，但這回遼兵隊伍中有大量弓兵，強弱懸殊，她只得放棄抵抗的念頭。遼兵把他們全都抓了。貓妖把腰一弓，正想鑽入草叢，被櫻桃妖一把抱在懷裡：「小乖貓，吃飽了就想溜？門都沒有！」

收稅收到地下去了

劍神呂宗布策馬進入大遼國境，本還一路順暢，這日來到一處抽稅關卡，領關遼將名叫耶律阿里哥，生性貪鄙，一眼就看上了他的紅色大弓。

后羿神弓既大且長，想藏都沒法藏，呂宗布只能斜揹在背上，惹眼得很。

耶律阿里哥斜著眼睛踅到他面前，因見他穿著中原服裝，便用蹩腳的宋語說：「繳稅！」

呂宗布從懷裡掏出幾錠碎銀，足可繳十處關稅了。

那耶律阿里哥直搖頭：「不夠，不夠。」

呂宗布氣往上沖：「你想訛詐？」

「訛詐你又怎地？」耶律阿里哥指著他背上大弓。「我要這個！」

呂宗布一拳就搗上了他的臉，讓他做了個翻肚烏龜，呂宗布太阿神劍出手，恰如一具剪草機，關上的二十多名遼兵揮舞兵刃，喝叫著奔來，呂宗布太阿神劍出手，恰如一具剪草機，

只一劍，把他們的頭盔頂端都剪破了一個洞。

遼兵們全都嚇呆了。

呂宗布躍上馬背，悠然前行。

行出數里，聽得背後馬蹄雷動，那耶律阿里哥仍不死心，率領一隊弓兵追了過來。

呂宗布駐馬回身，耶律阿里哥還遠在射程之外。

呂宗布取下后羿神弓，搭上一隻白羽神箭，一箭射出。

那隊遼兵但只看見一道渾如從天上降落的強光，倏忽閃爍，耶律阿里哥便像一具風箏，從馬背上筆直飛出了幾十丈遠，落地後，猶被那箭牢牢的釘在地面上。

弓兵們足足楞了半刻鐘，方才回神，撥馬便跑。

呂宗布喝道：「統統給我站住！」誰還敢再動半步？全都跟木頭人一樣的定住了。

呂宗布緩緩來到他們面前：「去把箭給我們拿回來。」

一名遼兵趕緊去拔，但那箭穿透耶律阿里哥的胸膛，有三分之二已射進了地下，竟拔之不動。

再多一名遼兵，還是拔不動；最後是整隊遼兵用短刀把耶律阿里哥的屍體割碎了，再將附近的地面挖出一個大洞，才將那箭拔了起來。

一個較通宋語的遼兵哈腰諂媚：「大俠要去哪裡？」

「我問你，這些日子天上可有出現異象？」

「嗨呀，大俠真是神人，聽說有一個地方出現了兩顆太陽！那兩顆太陽一曬，唉喲喂呀，什麼東西都燒焦了，一口口水剛吐出嘴，就化成了煙。」

呂宗布忙問：「你說的地方是在哪裡？」

那遼兵往東北一指：「只要登上太白山，往高麗那邊看，就能看見囉。」

呂宗布心忖：「現在太陽才昇起一顆，還沒到我出手的時候，可不急著趕路了。」面上笑道：「你們關上可有美酒？我倒想喝上兩杯。」

天字七十八號

俞餞至又在喝著極品碧尖茶。

飛車小子任天翔站在他面前直發抖。

「所以說，莫奈何騙走了你的飛車，不回來了？」

「他，太可惡了！」

俞斂至笑了笑：「算了，那個渾頭小子能有什麼作為？只可惜他竟帶走了梅如是那個大美人和她新鑄的劍！」

任天翔走了之後，俞斂至吩咐僕從：「請天字七十八號賓客前來一敘。」

「天」字號賓客自是一等一的，這個七十八號長得一張機靈無比的笑臉，諢號「芝麻李」，他其實是一隻浣熊妖，一個多月前，燕行空、項宗羽等人在崑崙山勦滅群妖一役中，把他斷去左臂，但總算僥倖逃得了性命。

「公子有何指示？」芝麻李態度恭謹，只不知肚子裡有多少壞水。

俞斂至道：「我已派出呂宗布去奪取高麗政權，現在，該派你去奪大遼國的權了！」

芝麻李心中暗驚。「這麼重大的任務，吃力不討好，我幹嘛要做這種事？」嘴上說道：「公子何必這麼費事，讓太陽鏡把全天下都烤焦，不就結了嗎？」

「你只知其一，不知其二。九面太陽鏡的威力範圍有限，遼國疆域太大，皇帝又居無定所，所以太陽鏡對於他們不會有什麼作用。」俞斂至的笑容雖然跟茶水一樣清淡，其中隱藏的獰厲之意可令人不寒而慄。「不將此策用在大宋，是因為我的天下第一莊在洛陽，

離首都開封不過兩百里遠近，我若烤焦了開封，我這美好的莊園豈不跟著遭殃？」

「原來如此，公子神算在胸，在下萬萬難及。」芝麻李苦著臉道。「但我才疏學淺，恐難荷此重任，還望公子示下。」

「遼國太后名叫蕭綽，今年五十七歲，大限將至，身體狀況已經很差。她的身邊有個人名叫韓德讓……」

「是個大大的奸臣？」

「不，是個大大的忠臣。」俞敩至喝了口茶。「等蕭太后死掉之後，這韓德讓勢必會成為顧命輔政大臣。」

芝麻李有點懂了，笑得既可愛又諂媚：「公子明察秋毫，竟還知道在下的長處。在下曉得怎麼做了。」

「我給你幾帖神行符，讓你這笨妖怪也能日行千里，來去自如。」

好熱鬧的監獄

卻說莫奈何等六個人、一隻貓進了牢房，仍然閒聊不休。

梳雲得知呂宗布乃是被俞敩至的奸計所騙，雖然稍解心頭憤恨，仍不肯原諒他言而無信、棄己而去的行為，尤其她才對他吐露愛意，他竟要放任金致陽謀害自己的哥哥、毀滅

自己的家庭。

「若再遇見他，我一定殺了他！」

莫奈何、梅如是此時方知梳雲其實是高麗國的公主。

莫奈何笑道：「這牢裡竟關了兩個公主，契丹人真沒眼光！」

「公主不值錢，他們把梅夫子關起來才真是傷天害理！」趙百合滿懷孺慕之情。「如今被關在牢裡正好，我可以天天向梅太傅請教學問！」

梳雲怪道：「人家明明是個美姑娘，妳怎麼盡叫她夫子、太傅？」

趙百合楞住了。

原來三月間，梅如是以男子的裝扮進入夏國，跟顧寒袖一起被尊為「太傅」，所以直到現在趙百合仍搞不清楚梅如是的性別與身分。

梅如是歉然道：「說起學問，我比這位文大才子差多了。」

趙百合喜極大嚷：「真的啊！」想想不對，忙低垂下頭，降低音量：「以後還望文夫子多多教誨。」

在她的觀念裡，中原姑娘就是要細聲細氣、嬌嬌滴滴的，才能夠算是知書達禮的大家閨秀，但她天生一副大嗓門，時不時就令她原形畢露。

莫奈何笑道：「這位文夫子啊，從前是個大才子沒錯，可惜後來腦袋壞掉了。」

梳雲忙道：「他的腦袋已經修好啦，比從前還管用呢！」

眾人親親熱熱、嘮嘮叨叨的正說個沒完，忽見眾獄卒全都俯伏在地，請進了一位身著華服的老者，一邊大聲宣唱：「大丞相、晉王殿下親訪人犯趙百合！」

莫奈何等人尋思：「這人好大的派頭，又是丞相又是王，定是來勸趙百合回心轉意的。」

遼國派出這麼尊貴的人物來遊說趙百合，可見還是很重視這樁與夏國的和親之舉。

老者走到趙百合面前，以單手撫胸行了一禮：「公主殿下，老臣韓德讓。」

梳雲搶道：「你就別開口了，人家不想嫁！」

趙百合拍手道：「你就別開口了，人家不想嫁！」

趙百合拍手道：「快人快語，都幫我說完了！」

韓德讓咳了一聲道：「兩國聯姻乃是極為莊嚴隆重的大事，殿下怎能視同兒戲？」

趙百合拉開大嗓門嚷嚷：「反正我不嫁遼國人！」

她從小受到父親李繼遷的調教，仰慕中原文化，發誓非嫁中原郎不可，連自己本族的漢子都看不順眼，當然更不會喜歡遼國之人。

韓德讓的態度還算和藹，誠誠懇懇的說：「早已聽說殿下喜嫁中原郎，老臣覺得此乃大謬之念！」

趙百合瞪眼道：「我瞧你也是個中原人，講這什麼話？」

韓德讓道：「老臣祖籍確在中原，但我並不覺得中原有什麼好。妳看看，大遼的疆域比大宋大好幾倍，軍力比大宋強好幾倍，人才比大宋多好幾倍。」

「這有什麼用？」趙百合截下話頭。「我聽說，開封的夜市什麼都好吃，神臂弓射得比什麼都遠，大宋的畫家什麼都能畫，詞人、樂師更是天下一等一，這遼國有嗎？」

韓德讓皮笑肉不笑：「原來姑娘胸無大志，只會貪圖逸樂？」

「我要懷什麼大志？我只想嫁個宋家郎，當個大老婆，才不當遼國皇帝的小老婆！」

梳雲又搶道：「對對對，就是要當大的，不當小的！」

趙百合隨便一指莫奈何：「我就是要嫁給小莫國師！」

莫奈何嚇一跳，連忙指著文載道：「嫁給大才子比較合妳胃口吧？」

眾人又嬉鬧起來，把韓德讓晾在一旁，恰似一根多餘的晾衣竿。

你在洗什麼？

韓德讓弄了一肚子氣，回到自己的宮帳。

他隸屬於「橫帳季父房」，所謂「橫帳」乃是指宗室之中最顯貴的人，以一個外姓的中原人而能入橫帳、位列親王之上，在大遼歷史上只此一人，別無分號。

他才一進帳，就看見一隻浣熊把他的印璽、皮帽、皮靴、腰帶等衣物，統統都丟在

個盛滿了水的木桶裡搓洗著。

這浣熊只有一隻右手，仍靈活勤快得很，把好好的東西全都洗壞了。

「可惡的畜生！」

韓德讓拔出隨身腰刀便砍，不料那浣熊一伸手就把刀搶下，也放到木桶裡去搓洗，一邊直勾勾的瞪著他：「韓德讓，你想殺我，敢情是活膩啦？」

韓德讓驚呆了：「這畜生怎會說人話？」

那浣熊把東西洗夠了，直起身來，牽起他的手，讓他坐在凳子上：「我們來聊聊你的生平。」

「聊我？」韓德讓呆呆的道。「幹嘛？」

浣熊笑得很可愛：「因為我要冒充你，當然要知道你所有的一切。」

說起這假冒的功夫，臉長得一樣還是最簡單的，嗓音、舉止，對於往事的記憶等等，才是最重要的關鍵所在。

韓德讓此時已確定這個東西是個妖怪，冷笑道：「老夫怎會讓你得逞？」

浣熊妖芝麻李取出一顆藥丸：「我這藥有個名堂，叫作『不實痛心丹』。」捏開韓德讓的下巴，塞了進去。「從現在開始，我問一句，你答一句，你若有半字不實，就會心痛到死為止！」

太后的貓

十幾隻貓圍繞在一個雍容華貴的婦人身邊撒嬌，她雖然不停的咳嗽，仍忙著給貓兒餵食、梳毛、剪指甲，不知情的人還以為她是個至死方休的典型貓奴，卻不知她竟是遼國太后蕭綽！

她乃前任皇帝「遼景宗」耶律賢的皇后，耶律賢體弱多病，許多軍國大事便委由她代理。耶律賢病逝後，她的大兒子耶律隆緒繼位，才只有十二歲，因此她便以皇太后的身分繼續掌攝國政。

這女人能幹得不得了，把大遼治理得好生興旺，直到如今，耶律隆緒都已經三十九歲了，大權仍在她手裡。

扮成了韓德讓的芝麻李以老成持重的步伐緩緩進入大帳，居然一屁股就坐到了她身邊，抓起她的手道：「燕燕，妳要多休息一下，這些小事就交給奴婢們去做吧。」

蕭綽小字燕燕，芝麻李敢直呼她的小名，原來他已探聽得實，韓德讓竟是太后的情夫。

蕭綽幼時便曾與韓德讓訂親，但後來卻嫁給了皇帝；而她三十歲成為寡婦，便履行幼時的約定嫁給了兒時情人，就契丹的風俗而言，此舉並不為怪，甚至皇帝耶律隆緒都把他當成父親一般對待。

「你剛才去勸那夏國公主，她怎麼說？」

「唉，那個蠻女，竟視我天朝如無物，應該給她點教訓！」

「她漂不漂亮？」蕭綽十分好奇。

「漂亮是漂亮，但嗓門大得嚇人，隆緒若真娶了她，耳朵可要受苦受難了。」芝麻李假裝愛憐的捧起她的臉龐。「再說，她再漂亮，又怎會及得上我的燕燕十分之一？」

蕭綽虛弱的笑了起來：「讓讓，你總是能令我開心。」

芝麻李心忖：「這個老娘兒們年輕時一定很美，可惜沒在那時認識她，否則就……嘿嘿！」繼而又動著歪念：「我得想個絕對不令人起疑的方法把她弄死，等耶律隆緒繼位後，我這太上皇就能手掌大權了。」

芝麻李懷著壞心眼，一面敷衍蕭綽，一面瞅東瞄西。

蕭綽身邊的那群貓活似嗅著妖怪氣味，有的躲、有的藏、有的弓起背來朝著芝麻李發出威嚇的嘶鳴，做勢欲撲。

蕭綽朝貓兒們道：「你們是怎麼啦？連讓讓都不認識啦？」

芝麻李笑道：「我剛剛烤了一隻大田鼠，牠們大概是嗅著老鼠的味道了。」心裡暗罵：「雜毛畜生竟敢洩老子的底，看我怎樣扒你們的皮！」因此有了主意。

晚間回帳，把韓德讓從大床底下提了出來。

因為芝麻李還有許多不知道的事情、回答不出來的問題，在在都需要韓德讓的幫忙，

所以並沒有急著殺他，只用迷魂法把他迷住，藏在床下。

芝麻李收回法力，讓他清醒過來，問道：「蕭綽有多愛貓？」

「簡直視若己出，每隻貓都是她的孩子。」

「好咧，你真乖！」

芝麻李照樣把他迷了，塞入床底，轉身出了帳棚，祭起神行符，隱沒在夜色之中。

天下第一城

大宋首都開封是當今世界上人口最多、面積最大、商業最發達、文明最昌盛的城市，稱之為「天下第一城」一點都不為過。

夜雖已深，大街小巷猶然燈火通明，勾欄夜市照舊遊人如織。

芝麻李哪兒都不去，一頭就鑽進了「大發賭坊」。

場子裡頭各式賭桌幾十張，全都圍滿了賭客，呼盧喝雉、叫五喚六，喧囂得不得了。

怪的是，每張賭桌的上方都懸浮著一個小妖怪，看誰扎眼就讓誰輸，隨著自己今天的心情搗亂做怪。

所以各位看倌且住，聽真了，每張賭桌上都有一個鬼，您若沒有與妖鬼溝通的本領，就別坐上去，否則徒然輸得脫褲子而已。

卻說芝麻李一進賭場，那些小妖全都飄了過來。

「老大，也來做耍？今天想贏多少，只管告訴我們。」

「贏錢？」芝麻李罵道。「我是這麼膚淺的人？」

「當然不是！老大怎麼會是這種人？」小妖怪互相亂打亂罵了一回。「那，老大想幹什麼？」

「我問你們，『積金窟』在哪裡？」

一個小妖道：「積金窟？那兒已經變成鬼屋啦！」

另一個道：「聽說洛陽有個姓邢的大財主已把那兒買下，準備要開進財大酒樓的開封分店呢。」

芝麻李不耐道：「你們別說那麼多，快找個人帶我去！」

牌九妖自告奮勇：「我今天已經玩夠了，我帶老大去！」

兩人出了賭坊，向城東走去。

牌九妖喋喋不休的誇著口：「剛才有一個在妓院幫妓女端熱水的『大茶壺』，我看他特別順眼，讓他一連抓了十二把『豹子』，一共贏了十萬多錢，夠他自己開間妓院了！不過，明天他若再來，我會讓他連本帶利的輸光光，我最喜歡看人類臉上那種從天上掉到地下的表情！」

芝麻李皺眉道：「你們這群小妖成天如此這般的混日子，能有什麼出息？總要為自己的將來打算一下嘛！」

發表著如此勵志的話語，讓小妖覺得光明坦途正在眼前。

「老大一定正在做一番大事業！」

「當然！你們要記住，想害人就一定要害最大的！」芝麻李教訓道。「這才叫作胸懷大志！」

不多久，兩人來到一座廢棄的大宅院前。

「這裡就是積金窟囉。」

這處產業在唐朝末年本是由一崔氏家族所擁有。唐朝滅亡後，進入五代十國大混亂時期，於是當時的富豪都養成了一種習慣，就是在家中庭院或房子底下挖一個大坑，再將金、銀融了，分別倒在大坑裡，使其凝結成一巨塊，亂兵、盜匪即使發現了，也無法搬走。

後來迭經動亂，崔氏老一輩的沒有交代清楚，小一輩的竟不知家中有鉅額藏銀，以低價將整棟宅子賣給了一家姓周的。

大宋建立，周氏重修宅院，發現地下竟有一大塊銀子，重逾五百萬兩，當然喜出望外，「積金窟」之名不脛而走。

但說也奇怪，自從周家把那塊銀子挖出之後，家道就一落千丈，病的病、死的死、瘋

的瘋，還傳說宅中鬧鬼。

到如今，周氏族人一個不剩，宅院荒廢，當年藏銀子的大坑中竟連雜草都長不出來，只是一個大泥巴坑，春夏積水，發出陣陣渾濁腐臭的氣味，蚊蠅叢生、毒虫聚匯。

當年的「積金窟」已淪爲細菌病毒的滋生之地。

芝麻李遭走了牌九妖，隻身進入大宅，正往污水坑走去之時，忽聽廢屋內一個人悄聲道：「師尊，是你嗎？」

芝麻李楞了一下：「什麼人會叫我師尊？」

但見一條人影迅快絕倫的從一棵大樹上躍下，進入廢屋。

芝麻李心忖：「這兩人鬼鬼崇崇的，剛才出聲的一定有什麼好事！」

將身挨近廢屋，偷偷向內一瞧，剛才出聲的是一個黑面漢子，左臉頰上生著一顆大黑痣，還長著幾根長毛；從樹上躍下、輕功絕佳的則是一個瘦小的老頭兒。

老頭兒道：「伍壁，你又闖了什麼禍？」

原來這漢子竟是那日刺殺龔美的「黑面狻猊」伍壁。

伍壁道：「俞公子派我去洛陽殺了一個人，現在官府追捕得緊！」

芝麻李心想：「原來他也是替俞斂至辦事的。」

老頭兒冷笑道：「官府能把我們怎麼樣？咱們崆峒派幾時怕過六扇門裡的鷹犬了？」

伍壁慌道：「但是師尊……聽說追捕我的那個捕頭非常厲害！」

老頭兒唉道：「你也太沒用了，區區一個捕頭就把你嚇成這樣，如果他現在就在這兒，看我踢他的屁股！」

話聲甫落，就聽角落中一個人懶洋洋的道：「什麼人在那兒聒噪，擾人清夢？」

那老頭兒一驚，鬼影子也似的掠了過去：「是誰躲在這裡裝鬼？」

角落裡的茅草堆上躺著一男二女，全都赤裸身體，顯然剛剛才辦完好事。

見那老頭兒衝過來，兩個女子尖叫著抓起衣物掩蓋重要部位，但那年輕男子一點都不知羞恥，雙手枕頭，袒露著全身，向那老者笑道：「我們在這兒成其好事，明明是你們跑來搞鬼，卻怪到咱們的頭上來。」

那兩個女子也嬌滴滴的抱怨道：「對嘛，好討厭哦！」

老頭兒被他們鬧得沒法，正想走開，那男子又道：「咦，你剛才不是說，要踢我的屁股嗎？怎麼就走了？」邊說還邊趴起身子，把光溜溜的屁股翹起來，在那老頭兒的面前晃來晃去。

老頭兒又是一驚：「你什麼意思？」

年輕男子笑道：「還聽不懂？我就是要抓你徒孫的那個捕頭！」

原來此人竟是洛陽總捕姜無際！

老頭兒冷笑連連的望向伍壁：「你還說他厲害，只不過是個死不要臉的色鬼！」

姜無際緩緩起身，穿好了衣服，悠悠道：「伍壁，走吧，跟我回洛陽去。」

伍壁嚇得面無人色，那老頭兒則橫到了姜無際面前：「小子，你可知老夫是誰？」

姜無際笑道：「你啊，就是崆峒派掌門人的師叔嘛，聽說你在江湖上消失了一段時間，幹什麼去啦？」

原來這老頭兒就是曾在夏侯寨裡找尋后羿神弓的「鬼影子」杜丹。

「既然知道老夫的名號，還不快夾著尾巴滾蛋？」

「這可不行，我要抓你的徒孫歸案。」

「你休想！」

「你不讓我抓？」

「不讓！」

「真的不讓？」

「少說廢話！」

姜無際又笑了起來：「你們崆峒派向以輕功見長，聽說你又是其中的佼佼者，我們就來個賭賽，我就這樣站著不動，如果你能抓到我，我就不抓他；如果你抓不到我，就得讓我抓他，這樣公平吧？」

杜丹簡直懷疑自己的耳朵壞掉了，這傢伙要站著不動讓自己抓？世上豈有這麼可笑之人！當下輕咳一聲道：「好了好了，別玩了，我們各走各的路。」

姜無際的笑容更可惡了：「難道你怕了？什麼『鬼影子』，根本就是個半吊子！」

杜丹心中的火不打一處冒上來，暗道：「我別再跟他窮磨菇了，速戰速決！」

二話不說，猛身直上，一把抓向姜無際肩頭。

姜無際果真連動都不動，任何人想要抓住他，都是最容易不過的事情，但杜丹一把抓下去，竟抓了個空。

杜丹楞了一下，以為自己只是偶然失手，立即身形一扭，反轉手腕，再一把抓向姜無際頂門。

「鬼影子」之名豈是浪得，他動作之快，舉世無匹。

哪知這一抓還是落了空！

杜丹後退兩步，兀自不願相信這是事實，再一次欺身進步，一拳直搗姜無際肚腹。

對方就站在面前不動，這一拳直進，不管怎麼樣都應該會打到對方才對。

但是不！

姜無際仍然沒動，這一拳仍然沒打著他。

杜丹汗毛倒豎，顫聲道：「難道……你是個鬼？」

眼未及眨，姜無際的臉已湊上了他的臉，朝他的鼻子裡噴了口熱氣⋯「鬼是熱的嗎？」

杜丹嚇得連連後退，一屁股坐倒在地。

「這場賭賽算我贏了吧？」

「你⋯⋯贏了⋯⋯」

姜無際牽起那兩個女子的手⋯「阿珠、阿花，我先送妳們回『春滿園』。」經過伍壁身邊時，連看都不看他一眼。「你給我乖乖的跟在後面，若想要花樣，我也不怕，你自己掂量著吧。」

滿頭是汗的伍壁就像個聽話的三歲小娃兒，垂頭喪氣的亦步亦趨。

姜無際又朝芝麻李藏身的地方瞟了一眼，悠悠拋出一句⋯「我只管逮捕兇手歸案，其他的都沒我的事兒。」

芝麻李因為伍壁是替俞歙至辦事的人，一直都在猶豫要不要出手幫忙，然而見到姜無際跟杜丹交手的情形，簡直無法置信。「那捕頭既不是妖怪，也不是神，怎會有這種怪本領？連我都看不懂！」

現在一聽這話，就知道他是在警告自己，哪還敢輕舉妄動？驚呆半晌之後，才又想道：「那伍壁干我啥事？我還是辦我自己的正事要緊！」轉身快步離去。

廢宅中便只剩下兀自呆坐在地的杜丹，不停的喃喃⋯「那是什麼功夫？天下怎麼會有

那種功夫？」

污水坑裡的世界

芝麻李來到原本是積金窟的污水坑前，瞅了瞅，便「咕咚」一聲跳了進去。

穿過重重又臭又黏又渾的泥巴漿，來到坑底，竟是另一番景象。

坑底側邊有個角度偏往上方的斜洞，污水居然淹不進去，洞中擺放著一些簡單的家具，幾個小人兒圍著一個火爐取暖，見到芝麻李進來，都露出詫異的表情。

「瞪什麼？不知道老爺是誰啊？」芝麻李把剛才不敢出手的窩囊氣全都發在他們頭上。

「你們這些髒東西，老爺看著就火大，一個個給我報上名來！」

小人兒嚇得縮成一團。一個道：「我叫霍蘭。」

一個道：「我叫揭合。」

「我叫厲極。」

「我叫蜀伊。」

芝麻李呸道：「霍亂、結核、痢疾、鼠疫，都是最髒的髒東西！」

原來這些小人兒都是細菌病毒。

芝麻李環顧四周：「毛溫在不在，叫他出來見我！」

角落裡發出一個細小的聲音：「大哥找我有什麼事？」緊接著就鑽出一個渾身長著綠毛的小傢伙。

「我要你跟我去遼國。」芝麻李笑道。「那兒有很多貓，正是你這貓瘟大展身手的舞台！」

我不活了！

蕭太后身邊的貓全都病倒了，拉稀下痢、高燒、嘔吐、脫水、厭食……

蕭綽整日垂淚：「如果救不了寶貝們，我也不活了！」

原本身體狀況就已經很差的她，依舊衣不解帶的照顧群貓，使得自己病得愈益嚴重。

芝麻李假裝好心的日夜陪在她身邊，皇帝耶律隆緒與皇后蕭菩薩哥也都寸步不離。

遼太祖耶律阿保機仰慕漢高帝劉邦，所以耶律氏也稱為劉氏，並將他的母親、祖母、曾祖母、高祖母的姓氏拔里氏、乙室氏比擬為漢初三傑的蕭何，賜姓蕭氏，之後的歷代皇后也全都姓蕭，成為遼國的第二大姓。

這蕭菩薩哥年方二十六，靈心慧手，喜歡使用草莖做成各種宮殿的模型，再交給工程單位依樣建造，大遼上京「臨潢府」就有三座大殿是出於她的設計。

這日，蕭綽覺得自己實在不行了，把兒子與情人叫到床前：「我壽命已盡，以後就要

靠你們了。」

一手抓住兒子：「我早就該歸政於你，卻一直拖到現在，你不怪我吧？」又一手抓住芝麻李。「隆運，輔佐隆緒的大任就交給你了。」

三年前，蕭太后賜韓德讓名為耶律隆運，成為他正式的名字。

芝麻李表面上哭哭啼啼，其實暗自心喜，即將要達成俞歛至交付的任務了。

皇帝、皇后號啕未已，三十九歲的耶律隆緒下出今生第一道命令：「能夠救活貓兒的人，封王拜相！」

獄中奇緣

被關在牢裡的莫奈何等人各有不同的心情。

梅如是、莫奈何既無奈又無聊；梳雲既苦惱又焦躁；櫻桃妖、貓妖大可以來去自如，故意留在那兒欣賞他們的苦相；只樂了文載道與趙百合兩人。

趙百合最仰慕有學問的中原夫子，背誦全部四書只需三十六秒鐘的文載道簡直讓她驚為天人，整天纏著文載道，要他講課；文載道自從腦袋修好了以後，趙百合是他第一個學生，當然傾囊相授。

文載道說得口沫橫飛，趙百合聽得心頭冒泡，兩人之間的情愫有若癩蝦蟆吹汽球，一

邊膨、一邊脹。

這日聽得獄卒議論紛紛，正不知何事，性喜探聽的櫻桃妖已來回報：「外頭鬧貓瘟，大遼皇帝已下令要大大封賞能夠救貓的人。」

貓妖一聽貓瘟，嚇得鑽入稻草堆裡。

莫奈何向櫻桃妖道：「妳若能對付那種病毒，我們就可以出獄了。」

櫻桃妖猛搖頭：「我道行不夠，也不想去碰那種噁心的小東西！」

莫奈何猛搔頭：「這要怎麼辦？」

梅如是淡淡一笑：「難道你忘了黎翠？」

真是一語提醒夢中人！

三月間，他們趕赴崑崙山除妖，路過一處叫作「百惡谷」的煙瘴之地，裡面住著一百個惡人，後來才發現他們其實是各種細菌病毒，由「瘟神」西王母的徒弟「右大夫」黎翠嚴格控管。

「黎翠說她姐姐『左大夫』黎青成天在外捕捉病毒，貓瘟這種小東西當然手到擒來！」

莫奈何喚來典獄官，聲稱自己有辦法醫治貓瘟。

消息立即向上轉報了好幾個層級，最後皇帝的旨意下來了，准許他們三人出獄，但要留下三個當人質。

「這皇帝恁地搞怪！」

為了誰出獄、誰留下，六人傷透腦筋。

依照莫奈何的主意，還是想帶老同伴梅如是與櫻桃妖。

但櫻桃妖根本不想淌這渾水，梅如是則建議他帶上文載道。

「這個書呆子有什麼用？」莫奈何不屑。

「嗨，他的用處可大著呢，有學問、能考證，還能把學生教得死心塌地！」梳雲不無醋意，這幾天看見趙百合對文載道癡迷的樣子，使得她有點懷疑自己當初沒有想跟文載道做進一步發展，是不是一大損失？

「我很想去看黎翠，但我的作用不大。」梅如是做出最後決定。「小莫道長、櫻桃大姐與文大哥，是最佳人選！」

換在平常，櫻桃妖怎肯聽命於梅如是？但這個分派讓她跟兩個處男在一起。

哇！兩個咧！真是賺到了！

「好吧，我就勉為其難吧。」櫻桃妖裝出很不情願的模樣，心中可已經開始算計這趟羅曼蒂克之旅了。

冤家路窄

莫奈何等三人出了獄，先被帶到太后帳中報到。

皇帝耶律隆緒和他的弟弟耶律隆祐都可算是道教信徒，所以一見莫奈何的打扮，心裡就先信了八分：「道長法力想必高深，有勞了。」

櫻桃妖又當起了翻譯。

莫奈何拍胸保證：「此許小事，五日之內必定辦好。」

胡亂吹噓未畢，芝麻李假冒的韓德讓走了進來。

他聽說有人能治貓瘟，所以趕忙跑來瞅瞅，到底是何方神聖想要戳破自己的好事，不料此人居然是莫奈何，當下新仇舊恨齊湧心頭。

在崑崙山一役中，他被斷去一臂，莫奈何雖然不是原凶，但仍屬於仇人一夥，現在又來搞破壞，孰可忍孰不可忍？

只是他沒能認出櫻桃妖的粗壯大娘化身，櫻桃妖也沒想到他會以這種身分在這裡出現。

蕭綽虛弱的笑著：「讓讓，寶貝們有救了！」

「是是，老天保佑！」芝麻李假做歡欣。「我帶他們去做準備。」

芝麻李把他們帶回自己的營帳，在沒防著的當口，身子一轉，登時變了臉：「莫奈何，

你還認得我嗎？」

「芝麻李？你居然沒被除掉？」

「你給我連本帶利的還來！」

芝麻李一把抓向莫奈何頭顱，他這爪子已有一萬多年搓洗各種東西的資歷，其威力之強大，連鋼鐵都能搓成粉屑。

櫻桃妖見勢危急，出於直覺反應，竟忘了恐懼，從後面一拳擊上芝麻李後背。

芝麻李被打得心臟生疼，這才發現這大娘原來是櫻桃妖。

「妳這妖怪叛徒，可好自己送上門來！」回身猛攻櫻桃妖。

「小莫，快逃！」櫻桃妖一邊後悔自己如此莽撞孟浪，一邊仍拼盡全力與芝麻李周旋。

芝麻李有萬年以上的道行，櫻桃妖只有七千年，哪會是他的對手，只有節節敗退的分兒。

莫奈何知道自己留下來也沒用，扯著文載道逃到帳外。

文載道嘆道：「小妖怪挺有義氣的！」自從在夏侯寨中見到鑿齒之後，他方才相信世上真有妖怪，只沒想到竟有如此之多，連遼朝大臣都被掌控！

莫奈何略一思忖，便逕直奔向前幾天掩藏飛車的草堆。

「我們不管櫻桃了啊？」文載道邊跑邊問。

「就憑我倆管得了嗎？櫻桃決計凶多吉少！」莫奈何把「野鷹一九七」從雜草堆裡拉出來。「現在的當務之急就是去百惡谷調救兵！」

寶鏡重光

溫源谷內的光燄一天盛似一天。

其餘的八面太陽鏡都擺脫了千年桎梏，逐一浮出潭面。

太陽使者把它們打撈上岸。「終於又合璧了，從此我們天下無敵！」

八個人帶著八面鏡子如飛離去。

防火鳥

「野鷹一九七」一路向西疾駛。

到了晚間不辨方向，只得在一處山頂降落，順便生火造飯，療饑果腹。

莫奈何想起櫻桃妖奮不顧身、捨命救己的情義，止不住流下上千滴歡疚的淚水。

「早知道就不帶她出獄了！」

忽然，一大群怪鳥「加加加」的叫著從黑暗中奔出，一起跳到營火上歡躍舞蹈。

莫奈何、文載道都傻了眼：「這些笨鳥是怎麼了？不怕被燒死？」

細看這些體型肥碩的鳥，每一隻都有兩個頭、四條腿，羽毛半紅半黑，在火上跳動許久，居然片羽不損。

莫奈何怪道：「牠們好像根本不怕火？」

文載道想了想：「《山海經》的〈西山經〉內有云：翠山，其鳥多鸓，其狀如鵲，赤黑而兩首四足，可以禦火。嗯，原來這種鸓鳥的羽毛可以防火。」

莫奈何皺眉思索半日，忽然猛地一拍巴掌：「既然能防火，一定就能防日曬囉？」

「呃，也許吧。」

莫奈何伸手抓住一隻鸓鳥，那鳥倒也不掙扎。

「對不起，借你的毛一用。」

莫奈何每拔下一根羽毛，那鳥便叫一聲「加」。

「既然你說加，我就再加了。」

莫奈何亂拔牠們身上的羽毛，使得那群鸓鳥全都變成了禿雞。

但過沒多久，又全都生出新羽，「加加加」的跑到火上跳舞去了。

大胖妹

飛車落在百惡谷內「百惡教」的總壇前。

所謂總壇，其實只是一棟簡陋的小木屋，一個異常肥胖的婢女正蹲在外頭洗衣服。

莫奈何上前行了一禮：「煩請姑娘通報右大夫黎翠，括蒼山道士莫奈何求見。」

那婢女把他倆上下一瞅，冷哼道：「瞧你們這副小鮮肉的樣子，就知道你們不是什麼

好貨！」

焦躁不堪的莫奈何止不住怒火直衝：「我看妳這團肥肉也好不到哪裡去！」

那婢女冷哼道：「可現在，小鮮肉有事情要拜託這團肥肉，這團肥肉卻沒事情拜託小

鮮肉。」

莫奈何一怔，暗忖：「真是個惡僕！」

文載道趨前一禮：「小莫道長不懂禮數，萬望姑娘恕罪則箇。」

那婢女冷哼道：「右大夫正在忙，不見客。」

莫奈何忍怒道：「我是右大夫的熟朋友，她一定會見我的。」

那婢女冷哼道：「那可不見得。」

一個鋸子般的聲音從屋內傳出：「讓他們進來吧。」

莫奈何朝那胖妞妞做了個嘴臉，帶著文載道走了進去。

一個老婦人正坐在小火爐前燉著一鍋不知什麼東西。她滿頭灰白相間的亂髮，臉上的皺紋比刀疤還要扭曲醜陋，最嚇人的是她那雙眼睛，混濁的眼白配上寒光閃閃的瞳孔，犀

利的眼光之中沒有半絲屬於人類的溫暖，只充滿了無盡的厭憎與嫌惡！

文載道瞪見她面前的鍋中之物，黃褐黏稠，臭到讓人作嘔，而她居然舀了一杓，放入嘴裡，吃得頗為香甜。

文載道被這幅恐怖景象嚇得差點膀胱失禁，往後直退。

莫奈何悄聲道：「別怕，其實這右大夫是個大美女。裝出這副鬼樣子，是為了要鎮壓谷裡的那些病毒細菌。」

文載道這才鬆了口氣：「可把我鎮壓得死死的！」

黎翠品嘗完了藥汁，轉對莫奈何笑道：「小莫哥，怎麼這麼快就來了？聽說你們在崑崙山大獲全勝，恭喜你們囉。」

莫奈何咦道：「才過一關，又遇一關，這關更麻煩！」

黎翠道：「怎麼說？」

莫奈何道：「我們想找妳姐姐左大夫黎青，不知要到哪裡去找？」

「你們找她做什？」

「想請她幫個忙。」

那婢女仍蹲在門外洗衣服，冷哼道：「我看你們別做夢了。」

莫奈何怒道：「就妳這肥肉話多！」

那婢女冷哼道：「這肥肉的話若不多，你們就更麻煩了。」

黎翠笑道：「姐，人家有正經事，妳就別跟人家作耍了。」

莫奈何楞住了。

這團肥肉就是左大夫黎青？姐妹倆怎麼差這麼多？

文載道又陪笑：「早知姑娘必非常人。」

黎青冷哼道：「我是團肥肉，當然不是常人。」

黎翠道：「小莫哥，我姐就是這樣，別在意。你有什麼事，快說吧。」

莫奈何把整件事情說了一遍，特別強調：「櫻桃命在旦夕，所以我們的動作一定得

快！」

黎青冷哼道：「快什麼？抓貓瘟是我分內的事，但若要我救那妖怪，我可不幹！」

莫奈何一直緊繃著的情緒頓時潰堤，一屁股坐倒在地，大哭起來。

黎青冷哼道：「幹嘛哭成這樣？難道那妖怪是你老婆？」

黎翠道：「姐，那櫻桃妖妖跟我有一面之緣，人挺好的。」

黎青冷哼道：「那妖怪『人』挺好的？這文法對嗎？」

「唉喲，別廢話了，妳快去嘛！」

黎青不情不願的準備出發，黎翠因為負責看管谷中的細菌病毒，不能離開半步，無法

同行。

文載道悄聲說：「可惜沒能看見黎翠姑娘的真面目。」

莫奈何嘻道：「你還是別看的好，否則你又忍不住要跟她講課了！」

甜食大胃王

黎青光是準備自己的隨身物品，就花了大約三個時辰。

她先搬出了兩大桶葡萄汁、兩大桶哈密瓜汁、三大桶酸梅湯，已把飛車裝滿了一半；

再又搬出二十箱芝麻酥糖、二十箱花生酥糖、二十箱紅豆軟糖、三十箱鳳梨酥……

莫奈何抗議道：「妳再多搬來一件，我這飛車就飛不起來了！」

黎青冷哼道：「誰叫你的車子這麼爛？」

好不容易出發了，還沒飛上百尺高，黎青就吃完了三包鳳梨酥。

文載道笑道：「姑娘好胃口。」

黎青冷哼道：「我的胃口是好是壞，干你什麼事？」

半刻鐘後來到長安上空，黎青冷哼道：「降落。」

「幹嘛？」

「這裡的拔絲香蕉最好吃。」

莫奈何嚷嚷：「拜託，救人要緊！」

黎青冷哼道：「不讓我吃，我就不去！」

莫奈何只得順她的意。

黎青一口氣吃了十五大盤黏得住老鼠、甜得死人的香蕉。

文載道嘆道：「我光是看著，眼睛都快黏起來了。」

黎青冷哼道：「誰叫你的眼睛這麼差？」

好不容易重新上路，飛到開封上空時，黎青又冷哼道：「降落。」

「又怎麼啦？」

「城西的獅子糖不能不吃。」

黎青捧了七大袋脆糖回來，吃得滿天空都是滋滋嘎嘎的聲音。

文載道笑道：「下面的人還以爲要下冰雹了哩。」

飛到幽州上空，黎青又要降落。

文載道好心提醒：「這裡有一種水蜜桃，入口即化，非吃不可。」

黎青冷哼道：「我的尿是甜是酸，又干你什麼事？」

莫奈何暗笑：「她專門抓細菌病毒，全不知她自己的肚子裡都是病！」

搾一杯櫻桃汁

韓德讓帳中正要舉行一場盛宴。

芝麻李把櫻桃妖放進盛滿水的木桶裡，起勁的搓洗著，一邊還哼著小調。

櫻桃妖被他搓得哇哇叫：「你搓個什麼勁兒呀？要吃快吃！」

芝麻李猛搖頭：「我才不吃呢。」

櫻桃妖剛鬆一口氣，芝麻李又笑道：「要搾汁，當然得先洗乾淨。」

櫻桃妖嚇得屁滾尿流：「你要把我搾成汁？」

「是啊，櫻桃汁很好喝的哩。」

櫻桃妖暗自沮喪。「本來答應出獄，是想弄那兩個處男，不料反而落得這種下場，真是報應！」

芝麻李把韓德讓從大床底下提了出來：「今天是你最後一天，給你個特別優待，賞你一杯世上獨一無二的櫻桃汁，你要不要加糖？」

韓德讓這幾天被折磨得不成人樣，哪還有心情喝什麼果汁？

只聽一個聲音冷冷道：「我不但要加糖，還要加一點點奶油跟檸檬。」

芝麻李警覺回身：「什麼人？」

一個肥胖大妞走了進來，冷哼道：「浣熊妖，你要做怪便罷了，為何在人間散播疾

病？」

芝麻李不是細菌病毒，根本不知西王母手下的左右大夫，見她是個胖妹，便存了輕視之心，笑道：「瞧妳這身形體態，還是少喝甜水爲妙。」

黎青冷哼道：「我就是愛吃甜，從早吃到晚，我胖我的，肉又沒長到你身上去，你囉唆個什麼勁兒？」

櫻桃妖再笨，也知道是救星來了，忙叫：「對對對，我寧願被妳一口吞下去，也不要被他搾成汁！」

芝麻李開始不耐煩了：「妳趁早給我滾出去，要不然我就把妳這身肥肉拿來搾成豬油！」

黎青冷笑一聲，一抖右手就是兩根金針射向芝麻李雙眼。

她與妹妹黎翠乃西王母第三百零五代徒弟，都只是凡人，但因有西王母神符加持，不怕妖魔鬼怪，一身功夫又已臻化境，尤其飛針劫穴，奇準無比。她知道芝麻李是個妖怪，沒有穴道可扎，便以他的眼睛爲目標，因爲妖怪的精魄多牛凝聚在眼睛部位，正是罩門所在。

芝麻李低頭躲過，右爪候探，反打黎青小腹。

黎青雖胖，身子卻靈活得很，像個大肉球似的蹦起老高，右手手腕一轉，兩支金針就

二五〇

飛了回來，原來針尾帶有細線，可以收發自如；再一抖手，又是兩針射向芝麻李眼睛。

芝麻李心想：「只是兩根小針罷了，怕它做什？」右掌猛伸就想去抓針。

黎青冷哼道：「大海撈針。」

肥胖身軀滴溜溜的一轉，針與線同時旋轉，差點把芝麻李的右臂纏住。

芝麻李驚出一身冷汗：「這玩意兒可難對付！」

又聽黎青冷哼道：「針鋒相對。」雙手齊揚，這回可是七支金針同時射出。

芝麻李只剩一隻手，擋得了左、遮不了右，被這一陣猶若織布機帶動穿梭的快針，鬧了個頭暈眼花。

黎青冷哼道：「一針見血！」

嘴裡吐出第八根針，一針正中芝麻李左眼。

芝麻李痛得鬼叫連聲，一爪抓破大帳，就想往外逃。

黎青冷哼道：「你還沒開刀呢。」反手擲出一柄手術刀般的小刀，刺入他右膝。

芝麻李瞎了一隻眼、傷了一條腿，狼狽逃離。

莫奈何衝入帳中，先把櫻桃妖從木桶中抱出來：「妳還好吧？」

「好可怕哦！我差點變成了一杯果汁！」櫻桃妖抱著他放聲大哭。「小莫，還是你對我最好了！」

「我真怕妳被他吃了！」

兩人哭成一團。

黎青掃視大帳，冷哼道：「還不出來？」

那毛溫躲在帳腳暗處，聞言只得乖乖爬出，黎青伸出兩指把他拎起，塞入一支白翠玉瓶裡，蓋上蓋子。

文載道緊接著走入，笑道：「黎青姑娘的本領如此高強，能否打敗那九個太陽使者？」

黎青這會兒可不冷言冷語了，她咧開胖嘴，尖聲嚷嚷：「拜託，我最怕熱啦！」

又得一個國師

黎青留給莫奈何一些符，便走了。

莫奈何把那符貼在每一隻貓的背上，過不了多久，貓兒們的肛門就拉出了一個個綠毛茸茸的小東西，用火燒了，大遼境內的貓瘟從此絕跡。

梅如是、梳雲、趙百合三人當然馬上就被釋放出獄，奉為上賓。

櫻桃妖命令貓妖去侍候太后：「反正你吃了睡、睡了吃，待在哪兒都一樣。」

貓妖倒也情願：「這裡的羊肉挺合我口味。」

太后與婢女們都喜歡得不得了。「好可愛哦，就像一顆球！胖到沒有脖子咧！小心別

的貓欺負牠嘞！」

太后蕭綽因此得以延壽半年，於年底薨逝；至於韓德讓受此驚嚇，得了個氣虛心悸之病，過沒兩年就病死了，此皆乃後話不提。

耶律隆緒冊封莫奈何為國師，給他鑄了個大印，與那「夏國國師」的大印湊成了一對兒。

接下來的大事，便要按照原定計畫迎娶趙百合為妃。

這夜，莫奈何正要就寢，聽得帳外哭哭啼啼，出去一看，竟是文載道抱著趙百合在那兒難分難捨，趙百合的大嗓門哭得哇哇哇，文載道則像在吟詩，哭得唏唏唏。

趙百合拉住莫奈何道：「小莫國師，你去跟耶律隆緒講，我不嫁他，我要嫁文郎！」

「可已經變成文郎了。」其實，莫奈何心中並不願意看到他倆配成一對，因為文載道與顧寒袖既是小同鄉，又是好友，還並稱為江南二大才子，而趙百合……

本書最短的一章

趙百合曾經在顧寒袖面前大跳脫衣之舞！

莫奈何的糾結

這是什麼事兒嘛這是？

雖然那時顧寒袖是具行屍，現在根本不會記得此事，但終究，好不尷尬！

莫奈何猛搔頭皮，又聽帳棚的另一邊響起呼叱之聲：「小莫，你給我出來！」卻是焦急不堪的梳雲。

莫奈何嘆道：「走走走，每次當上國師之後，就要開始逃亡，我可真命苦！」

喚醒梅如是與櫻桃妖，一起坐上飛車離去。

「你到底要不要幫我的忙？要不然現在就教我駕飛車，我自己走！」

射日

當其他八名太陽使者登上太白山頂的時候，旭陽仍在那兒靜坐唸咒。

後至的八個人各據方位，加入唸咒的行列，從天際間又飛來了八隻怪鳥，各自馱起一面太陽鏡飛上天空。

十道強光交織成一整片火網，當頭罩下，使得高麗國境內的田野一片焦黑，遍地都是農民的屍體，許多木造房屋都燒了起來。

劍神呂宗布早已進入高麗國境，一路行來，眼見各種慘狀，心中萬分不忍。「若依夢

中宗布大神所言，我要等到金致陽簒位成功之後才出手，不知已有多少老百姓命喪妖陽之下，這怎麼可以？宗布大神未免太狠心了！」

從天而降的烈燄反而熄滅了他心中的復仇之火，被仇恨矇蔽的心逐漸澄明起來。「我練劍是為了行俠仗義，如今卻成了助紂為虐的兇手，這豈是我輩俠義中人所當為？」

他當然也會想起梳雲，那個潑辣女孩的身影時時縈繞在他心頭，讓他悔恨不已。

他終於下定決心，登上太白山巔。

太陽使者看見他，原本連理都不想理，但忽一眼瞥著他背上的那把紅色大弓，不由得緊張起來。

「他竟取得了神弓？」

呂宗布二話不說，彎弓搭箭，一箭射向最靠東方的太陽鏡。

那箭迅若流星、強似閃電，逕朝天上飛去，眼看就要射中太陽鏡，那馱鏡怪鳥猛一探爪，竟把箭綽住了。

呂宗布忙再射最靠西方的太陽鏡，結果還是一樣。

太陽使者哈哈大笑：「后羿神弓不過爾爾！」

呂宗布也大感意外。「神弓竟然射不下妖陽？」

烈陽站起身子，伸了個懶腰：「那日未曾和你交手，今日倒要領教一下。」

呂宗布扔了弓箭，反手拔出太阿神劍，一連串十七劍逕刺烈陽面門。

烈陽喝道：「烈日炎炎！」

高舉雙掌猛往下砸，一股滾燙的焚風當頭捲下，但那熱度似乎比初次與旭陽、朝陽等人交手時的掌力都低了許多。

原來在唸咒語的同時，太陽使者的精魄都附到了太陽鏡上，使得他們本身的功力大為減弱。

饒是如此，呂宗布仍覺得大火捲裏，整張臉都快被燒焦了。

烈陽一招遞完，即刻退下；輕陽無聲無息的欺身直進，趁著呂宗布雙眼還無法識物，一招「白駒過隙」就搶走了他手中之劍。

夕陽緊接著躍出，一掌斜劈他頸項。

這招「夕陽西沉」是太陽神掌中殺傷力最強的一招，被掌風稍微掃到都必死無疑。

危急間，一柄飛刀從空中射下，直奔夕陽後背，使得他不得不回身格擋。

「野鷹一九七」有若造物者畫出的一條最優美的曲線，從天空掠下，貼近地面時，梳雲探出身子，一把將呂宗布拖上飛車，再以三個迴旋之姿，消失在雲端裡。

情話不多說

呂宗布的臉被曬脫了一層皮，身體其餘的部位都無大礙。

梳雲徹夜照顧他，坐在床邊，用莫奈何、文載道帶回來的鷭鳥羽毛，織出了兩件衣服。

她的腦海裡一直浮現他倆在夏侯寨併肩作戰，在井邊喁喁細語的情景，淚水不禁一滴滴的掉在羽衣上。

半夜裡，呂宗布醒過來了，見到梳雲，滿懷歉疚，簡直不敢抬眼看她。

梳雲跟他說起，他的夢境都是俞斂至派妖怪假造的，呂宗布更是慚愧萬分：「我竟被奸人玩弄於股掌之上，真是蠢極了！梳雲，我是個自私自利的小人……」

梳雲搗住他的嘴，抓起他的手：「你不用再說這些。你今天孤身犯難，就是天下英雄都做不到的行為！」

呂宗布坐起身子：「我明天再去跟他們拚個同歸於盡！」

梳雲苦笑著一搖頭：「其實這不干你的事，你不需要……」

呂宗布反過來抓住她的手：「不，妳的事就是我的事！」

有些時候，情話不用多說，當兩人依偎在一起，連穿彼此心臟的電流比任何言語都來得真實與美好。

翌日一早，兩人準備就緒。

「還要請小莫道長用飛車送我們去太白山。」

梅如是、文載道、趙百合、櫻桃妖等人全都坐上去了，他們都沒說什麼，只是想送他倆最後一程。

文載道跟梳雲的交情最深厚，但他學問再好，此刻也說不出一句恰當的話。

「野鷹一九七」來到太白山腰。

梳雲道：「把我們放在這裡就好，我們準備偷襲，打他們個出其不意。」

這是唯一、僅存的戰術。

梅如是把腰上的梅紅寶劍解下，遞給呂宗布：「這劍還管用。」

呂宗布深深一禮：「多謝梅姑娘，來生奉還。」

來生奉還！

呂宗布說得如此輕淡，不知情的人不曉得裡面蘊含了多少悲壯。

飛車飛起，眾人向下俯瞰純白色的山腰上那兩條慷慨赴義的身影，止不住淚水盈眶。

飛車飛漫無目的的在空中盤旋，大家的腦中也都盤旋著同樣的問題……「奇怪，那神弓怎麼會沒有用呢？」

莫奈何駕著飛車漫無目的的在空中盤旋，大家的腦中也都盤旋著同樣的問題……「奇怪，那神弓怎麼會沒有用呢？」

他又要考證了

不知過了多久，文載道猛然想起了什麼，用力敲打自己的頭：「笨笨笨，笨死了！」

「你怎麼啦？」趙百合緊張。

「根據史書記載，后羿有好幾個，真正射日的那個是帝堯時的射官，帝堯派他射下九日，天下始泰定；而我們在軒轅之墟找到的那一把弓，應是夏朝梟雄后羿的弓，當然無法射日了！」

趙百合拍手道：「還是文郎高明！」敬佩之情溢於言表。

梅如是道：「你的意思是，還有另外一把神弓？」

「理當如此。」

趙百合忙道：「那你快考證一下，能夠射日的神弓會藏在哪裡？」

文載道道：「《山海經》裡屢次提到九顆太陽之時，都會提到扶桑木。〈海外東經〉上說：湯谷上有扶桑……居水中，有大木。〈大荒東經〉中則說：上有扶木，柱三百里，其葉如芥，有谷曰溫源谷，湯谷上有扶桑木，一日方至，一日方出，皆載於鳥。凡此記載，都不離那棵巨大的扶桑木，所以……」

「弓就藏在樹上？」眾人一起大叫。

文載道道：「神弓神箭為了要鎮住潭底的太陽鏡，理應就供在太陽鏡的上方！」

「但是，溫源谷在哪裡呢？」莫奈何急問。

「我跟梳雲公主離開夏侯寨趕赴高麗國途中，在路上的飯館遇到了一個從黑齒國移民來的店小二，他說黑齒國遠在千里之外，所以我們那時覺得根本到不了。」文載道從懷裡取出那店小二畫的地圖。「但現在有了飛車，可以即刻來回！」

這是什麼弓？

「野鷹一九七」加足馬力，一路飛過大人國、君子國、朝陽之谷、青丘國、黑齒國……

冷不防，一棵巨大的神木已出現在眼前。

飛車先繞著山頂大樹轉了一圈，清楚望見下面山谷中的山泉、水潭冒著熱氣白煙。

「下面就是溫源谷，所以就是這棵扶桑木了！」

飛車從大樹根部開始旋繞，一直巡查到樹梢，始終沒有發現什麼東西。

櫻桃妖忽然打了個哆嗦，直往莫奈何的葫蘆裡鑽：「好銳利的氣！」

莫奈何道：「應該就在這附近！」

眾人凝神細看，好不容易才發現千萬根樹枝之中，有一根怪模怪樣的枯枝。

莫奈何攀爬上樹，一伸手把那枯枝拿了起來，果然真是一把弓。

但這弓實在太不起眼，短短小小，全不似那把紅色大弓的威武炫目，而且老舊腐朽，彷彿一拉就會斷掉似的。

弓旁邊的樹身上嵌著九支箭，也同樣年深日久，連隻青蛙都射不死的樣子。

莫奈何此時已顧不得許多，取了弓箭，跳回飛車上，敲敲葫蘆問道：「櫻桃，這可是

神弓、神箭？」

莫奈何心中篤定，立即掉轉飛車車頭，飛往高麗方向。

櫻桃妖大叫：「把它們拿遠點，我快受不了啦！」

決戰時刻

宮！

國君王誦在太廟中祭拜完歷代祖先，舉起刀來想要自殺。

百姓們抄起各種工具，成群結隊的向王宮進發。

金致陽又站在高台上大聲疾呼：「我們一定要逼迫昏君退位！大家拿起武器，攻入皇

大暴動

高麗首都開城街頭已亂成一團。

太陽使者的咒語唸得起勁，沒人注意兩隻大鳥一樣的東西悄悄登上山頂。

呂宗布、梳雲兩人披著由鵰鳥羽毛織成的衣服，掩到他們背後，首先就撲向最靠東方

的旭陽。

太陽使者還沒搞清楚這兩個怪東西是什麼，呂宗布手裡的梅紅寶劍就已刺穿了旭陽的右臂。

同一時間，梳雲兩柄飛刀射向朝陽。

朝陽反應雖快，仍被突如其來的小刀射中右肩。

旭陽負傷，左掌一招「旭日東昇」攻向呂宗布。

但這回，熾熱的掌風捲上呂宗布的身體，卻沒有發生任何作用，鸐鳥羽毛織成的衣服擋住了火一般的攻擊。

「可惡，大家一起上！」

太陽使者暫且擱下唸咒的活兒，聯手攻向敵人。

他們的功力雖然都已大減，呂宗布、梳雲又有鸐鳥羽衣防身，但九人合擊的威力實在太過強大，十幾招之後，呂宗布就被打得口噴鮮血，倒在地下。

梳雲趕來救援，也被斜陽打倒。「妳就等著看妳的王兄被百姓分屍吧。」

旭陽恨極，忍著右臂傷痛，舉起左掌就朝呂宗布頭顱擊落。

驀然間，一個巨大的東西飛撞過來，把他撞開了十幾丈遠。

是「野鷹一九七」！

飛車順勢降落，莫奈何把神弓、神箭高高拋出。

「這才是射日神弓，用這個射他們！」

呂宗布伸手接住，想要拉開弓弦，他本是射箭高手，有著可以拉開上百石硬弓的臂力，哪知這弓雖小，弓弦竟硬得像根鋼絲，怎麼拉也拉不開。

太陽使者睹狀，哈哈大笑，又見那弓腐朽不堪，更是鄙夷：「這是從哪裡找來的爛弓？」懷著戲耍的心情，也不急著出手了。

梳雲心知自己也一定拉不開，但忽然靈機一動，奮力把弓箭拋還過去，叫道：「文載道，你有一顆黃金般純眞的心，你試試看！」

趙百合也叫：「這是你考證出來的，唯考證者居之。」

莫奈何撿起弓，塞在文載道手裡：「死馬當成活馬醫，你就射射看！」

文載道從未射過箭，連弓箭的頭尾都分不清楚，顫抖著連聲道：「我怎麼行？我怎麼行？」

趙百合出身夏國皇族，騎射的本領可不差，趕緊教他如何開弓搭箭：「拇指這樣、食指那般，右手如抱嬰兒，左手如托泰山。」

文載道用兩指捏著弓弦，輕輕一拉，那弦竟然就開了！

眾人興奮大嚷：「眞命箭神原來是你！」

文載道雖搭上了箭，內心思緒紛雜莫名。他是個書生，從未有殺人的念頭，想起自己一箭就會殺害一條人命，他就想吐，止不住渾身抖顫，根本射不出去。

太陽使者見他那副熊相，愈發狂笑。

旭陽又一腳踩住呂宗布的胸膛，想要將他斃於掌下。

梳雲急得大罵：「你快他媽的射啊！」

文載道心忖：「這箭是射日的，不應該射人。」

腦中一旦撇開了殺人的念頭與血淋淋的畫面，頓覺輕鬆安心許多，對準最東邊、屬於旭陽的太陽鏡，一箭射去。

這箭的去勢並不迅猛，卻像長了翅膀，輕巧巧的飄向半空，愈飄愈高、愈飄愈遠，馱著太陽鏡的怪鳥也很輕視這箭，全未興起防禦之念，但下一瞬間，箭尖已觸及鏡面，「噹」地一聲脆響，鏡面轟然爆裂，宛若節慶日的煙火，連同那隻怪鳥一起，在天上炸成了一顆大火球！

太陽使者全都呆掉了。

旭陽緊接著打了個哆嗦，身體虛軟，跌坐在地。他的精魄都附在太陽鏡上面，鏡子一破，他幾乎就變成了廢物。

呂宗布翻身跳起，一劍刺入他胸口。

莫奈何、梅如是等人齊聲歡呼：「今日又見射日英雄！」

文載道這會兒可有精神了，一箭連著一箭，從東邊射到西邊，朝陽、明陽、豔陽、正陽、烈陽、輕陽、斜陽……依序爆炸。

太陽使者四散奔逃，怎躲得過呂宗布、梳雲的聯手追殺。

梳雲邊殺邊罵：「我看你再怎樣日麗風和！你再日正當中給我看啊！」

最後只剩下了夕陽，但文載道太高興了，一箭胡亂射出，只射中鏡面右側。

夕陽的右臂緊跟著血流如注，負傷而逃；天上的太陽鏡則流出大量金色的汁液，遁往西方山下。

大陽小陽墜玉盤

金致陽率領成千上萬名百姓逼近高麗王宮。

守衛王宮的禁軍不願屠殺百姓，遲疑了一番之後，大開宮門。

就在這時，天空傳下連串巨響，百姓們仰首看見那些可惡的太陽一顆顆落下，當即歡呼出聲，全都放下了手中武器。

高麗群臣奔入太廟，奪下王誦手裡的刀。

君臣一起走出太廟，望著天上的八顆太陽如同殞星般紛紛墜落，自是喜出望外。

金致陽見勢不妙，頭一低，就想溜。

原本進攻王宮的百姓們反而圍住他，拳腳齊下。

金致陽的身影被淹沒在愈聚愈多的人群之中。

受傷太陽的下落

激戰過後的太白山頂異常寧靜，每個人都躺在地下喘息。

呂宗布終於緩緩站起，取回了自己被太陽使者亂丟在地下的太阿神劍，然後走向梅如是，把梅紅寶劍還給了她：「這柄劍絲毫不遜史上最有名的寶劍，梅大師將來一定還會有更精彩的作品出現！」

「呂大俠過獎了。」梅如是臉上一紅，心中悸動。能夠得到武林三大劍客之一的稱許認證，她發展鑄劍志業的心意就更堅定了。

梳雲起身做了個四方揖：「謝謝眾位英雌英雄拔刀相助！」又亂揉文載道的臉皮。「文大俠，你好厲害喲！」

文載道敬謝不敏，並苦笑著說：「不過一個多月，我不但修好了腦袋，還變成了箭神？

唉，人生真奇妙！」

莫奈何道：「可惜被他們逃掉了一個。」

文載道又恢復考證者本色：「根據文獻記載，受傷的那一顆太陽，血流乾了，就會變成月亮。」

命運之鑰

天上掛著兩個月亮，月亮中各有一隻兔子，一隻是頭上打著蝴蝶結的母兔子；另一隻是公兔子，正急吼吼的用玉杵搗著不知什麼藥。

梳雲與呂宗布依偎在池邊的涼亭裡，文載道與趙百合則坐在池邊釣魚。

這裡是高麗國招待外賓的「順天館」，氣派豪華。

莫奈何喜孜孜的捧著一顆大印走了過來：「這可是第三個國師了。」

王誦因為他領導的「射陽兵團」建立殊功，當然立馬封他為「高麗國師」。

櫻桃妖在葫蘆裡嘟嘟嚷嚷的罵道：「什麼都不會做，結果每次得利的都是你！」

涼亭裡，梳雲從懷中掏出一把鑰匙交給呂宗布，並嬌羞的附在他耳邊說了幾句話。

呂宗布捏著鑰匙，呆住了。

池邊的文載道則憂心忡忡：「百合，妳逃婚回國，妳王兄難道不會責怪妳？」

趙百合笑道：「你有后羿神弓，夏國國人歡迎你都來不及！你這駙馬爺是當定了！」

趙百合不時偷偷瞟向涼亭，忽又悄聲問著：「文郎，你說實話，你是不是曾經喜歡過

她？」

文載道不住乾咳：「只是有點懷念她的酒……」

趙百合高興的甩出釣竿。

那釣線失了準頭，飛入涼亭，正好把呂宗布手中的鑰匙鉤走，掉入池中。

梳雲焦急大喊：「喂！那鑰匙只有一把！」

月亮裡，急吼吼的公兔子把玉杵搗斷了，自己也頹然倒地。

殺死一個惡夢

呂宗布又行走在桃林中。

宗布大神牽著巨虎小黃在桃樹下等待。

「呂宗布，你好大的膽子，竟敢違背我的指令？」

呂宗布冷笑道：「真正的宗布大神，我不敢不敬奉，但你是個什麼東西？」

「反了反了！小黃，吃他！」

大老虎撲了過來，呂宗布只把腳在地上一踩，那老虎就被震裂成無數碎片。

宗布大神一縮脖子，轉身就想逃。

「造夢妖，你騙得我好苦！」

呂宗布趕上前去，掐住他脖子，把他的臉扭轉過來。

沒有五官的臉上，浮現一幅五馬分屍的圖畫。

呂宗布笑道：「你倒是很能預見自己的命運。」

又開五指，把那張畫紙似的臉孔扯得稀爛。

窗外月光如夢，呂宗布從夢中醒轉，安心的笑了笑，確定自己以後不會再遭受惡夢的侵擾了。

仲夏夜之美

天下第一莊的氣氛仍跟往常一樣寧謐祥和。

「天地玄黃宇宙洪荒」八個不同等級的賓客吃完了晚飯，從八個不同等級的餐廳內走出，打著不同等級的飽嗝兒，呼吸著同樣等級的仲夏夜的溫溼空氣。

右腿受傷的芝麻李一拐一拐的從天字號餐廳內走出，因為瞎了一隻眼，行走更為顛躓，老是偏向一邊，不時撞到柱子碰到樹。

負責莊內所有事務的總管單辟邪笑臉迎人的喚住他：「老弟，這趟任務辛苦你了。」

聽見這滿含溫暖的問候，芝麻李哭得像個娃：「那個死大夫，又用針刺我，又用手術刀割我，我怎麼這麼倒楣呀？我……」

「倒楣是免不了的呀。」單辟邪安慰的說著，忽然臉一板，將手一伸。「把你天字

七十八號的號牌給我。」

芝麻李楞住了：「為⋯⋯為什麼？」

「俞莊主認為你應該去荒字號。」

天地玄黃宇宙洪荒，荒字是最低一級！

單辟邪取出一面新號牌，在他面前一晃：「這是你的新編號，荒字第一千九百七十八

號。」

芝麻李嘶聲抗議：「你們怎麼可以這樣對待我？我沒有功勞也有苦勞，你們⋯⋯」

「你可以不同意，但日出之前就必須打包走人，敝莊決不阻攔。」

不提芝麻李賴坐在滿是鮮花的庭園裡，踢蹬著左腳，整夜號啕，那景象太悲慘了，實

在不忍描述。

單說大廳中，俞餕至的舉止依舊優雅，儀態依舊迷人，整個人依舊像座玉雕，他罕見

的沒有喝茶，而在飲酒。

「唉，勝負乃兵家常事。」他優雅的舉起杯子，喝下一口酒，臉上泛起超然物外、超

凡入聖、超脫一切的遺世飄逸之氣。「常事而已啊，沒什麼大不了的。」

一隻小燈蛾飛呀飛的，撞上了他白玉般的臉，他一揮手把那小蛾打在地下，然後猛地

蹦跳起身，舉腳亂踏：「連你也來欺負我？我踩死你！我踩扁你！我踩爛你！」

他的叫聲持續了大約三個多時辰，令這片美好平靜的莊園多添了一些些人氣。

尾聲

上個月，東京開封的「黑磨巷」裡新開了一家鎖店，老闆不知打從何處來的，技藝挺不錯，不管什麼鎖都打得開，但過不了多久，竟有傳言說他從前當過響馬。

這日一早，他剛剛開門營業，一名美貌的姑娘就笑嘻嘻的走了進來。

「大南瓜，你還認識我嗎？」

諢名大南瓜的老闆嚇了一大跳：「姑娘，妳怎麼……」

「你還記得，那日在翻山豹的賊窩裡，差點打開了我身上的鎖？」

「記……記得……」

「那你就快他媽的繼續啊！」那姑娘大吼。「我已經成婚啦！」

——全文完——

補遺

宋朝街坊市井上的空拍機

郭箏

創作者難為。

大部分的創作者都像一株蔓藤植物，慢慢的沿著石壁往上爬，好不容易碰到了一個著力點，就緊緊攀住不放，生出根來纏住它，也不管這著力點是好是壞。把這個纏完了之後，再繼續往上尋找另外一個完全不相干的著力點，所有的努力重新再來一遍。

創作者當然永遠都要保持實驗性與獨特性，不能成為工廠的生產線。但蔓藤式的生產方式，確實能把年輕飛揚的生命熬耗成一堆灰渣，爬得再高也不會變成一棵大樹。

於是聰明的創作者發展出縱向與橫向的思考，縱向的就成為大河系列式──《哈利波特》、大仲馬的《三劍客》等等；橫向的就成為單元連續式──「福爾摩斯」、「衛斯理」、「楚留香」等等。

這兩者相同的地方在於，主要、次要人物都是一樣的，最不相同的地方在於，大河式的人物關係會轉變，哈利最終沒有和妙麗配成對；單元連續式的人物關係則不能改

變，福爾摩斯和華生總不能突然變成了仇人或同志，就算某一個單元發生了這種情形，也要在這個單元的結尾讓人物關係回復原狀，否則讀者若漏掉了一個單元沒看，後面就莫名其妙了。

除了這兩種常見的系列之外，另有一個奇才創造出第三種系列，而他竟被臺灣的出版界長期忽略了——巴爾札克。

此人是十九世紀法國的小說大師，他創造出一種「人物再現」的技法，就像一部空拍機在當時的巴黎上空盤旋掃描，某一部的主角是A，早上出了門，跟雜貨店老闆B聊了一會兒天，再往下走，跟擦鞋匠C起了衝突，打了一架……直到本篇故事結束；空拍機繞了一圈回來，對準雜貨店，另一部的主角則變成了B，他站在店前跟擦鞋匠C開聊了幾句，然後走向市中心，他的故事又如何如何；空拍機再次迴旋，照著擦鞋匠C，他又如何如何。

我的理解不曉得對不對，因為當我大量耽讀翻譯小說的民國六十年代，在臺灣只找得到兩本巴爾札克的小說——《高老頭》與《邦斯舅舅》，而他的《人間喜劇》系列則有九十一部之多！

這種空拍模式的技法一直迷惑著我，彷彿有著一種造物主的權威與快感。

幾年前，偶然得到了一個可以發展這種系列技法的機會，植基於一部奇怪的古書《山

海經》。

這本書乍看之下有點無聊，多半都是哪裡有座山，哪裡有條河，山上、河裡出產些什麼東西。然而細看之下，才會發現其中蘊藏著不少寶藏，許多寫得很簡單的故事都極具戲劇張力。幾千年來竟無人好好的延伸一下，空置這座寶山於虛無荒漠。

但如果只寫神仙與妖魔戰鬥的故事，肯定乏味，又像極了電腦遊戲，所以當然得加入人的質素，讓它變成人、神、妖共同組成的故事。

我所面臨最大的問題是，如何把這些碎片連綴起來？大河式與單元連續式都不管用，巴爾札克的《人間喜劇》於焉記憶底層浮現。

用十九世紀法國小說大師的技法來演義中國最古老的神話，僅只這念頭就讓我興奮不已。

我當起了空拍機，把時空座標設定在西元一○○九年的宋朝，《山海經》裡的崑崙山眾神重出世界，與凡人交織演出一幕幕的悲喜劇。

之所以把背景放在宋朝，是因為我覺得宋朝是最具現代感也最引起我興趣的朝代。

唐朝的城市仍處於中古時期，首都長安雖然雄偉，但市民階級尚未形成，居民都是皇族、政府官員、禁衛軍與他們的家眷。一座大城包著一百零八個小城（就是所謂的坊），走在一百五十公尺寬的「朱雀門大街」上，只能看見一堵堵的坊牆，根本瞧不

見坊內的市況與住家，如果拍起電影，還真不知要怎麼拍；入了夜，便禁止任何活動，商店關門、居民禁足，換句話說，夜戲只能在家裡上演，外頭啥也沒有。

宋朝的城市則一派現代作風，自有〈清明上河圖〉為證，商店開在了大街邊，夜市林立，商業繁榮，科技高度發展，市民階級開始崛起，訟師滿街跑，市民得閒便去「勾欄」看戲聽歌，或「捶丸」為樂，也就是打高爾夫球，或「蹴鞠」競賽，也就是踢足球，連女子都可以組隊參加，表演各種花招。他們還喜歡談論「十二星宮」，閒極無聊的蘇東坡替兩百多年前的韓愈算命，算出他與自己同是魔羯宮，所以同樣顛簸終生。

宋朝皇帝的寬容親和更是超邁古今中外。隨便舉個例子，《宋史‧儀衛志》記載，皇帝出巡，百姓不須跪拜迎接或迴避，閒雜人等甚至會跟著皇帝的鑾駕亂走，大呼小叫、大驚小怪，來到繁華的市街上，也不禁止士庶站在樓上憑欄俯瞰，難道不怕他們扔磚頭或破鞋子下來？

宋仁宗時，有一個大臣宋庠覺得實在太沒規矩了，便參酌漢唐古禮，制定了一大套嚴格的規範，豈料宋仁宗一看，認為過於嚴苛擾民，完全不予採用。如今號稱民主社會的各國領導者的車隊，能不汗顏？

至於一〇〇九年，中原並無大事，但周邊的國家卻都發生了重大的變化——北方的「大遼」，掌政二十多年且頗為傑出的蕭太后薨逝；東北的「高麗」發生政變，國君王誦

險被奸臣金致陽篡位，他急召大將康肇平亂，之後仍被康肇所弒；南方的「大瞿越」（現在的越南北部）也發生政變，泉州人李公蘊推翻了「黎朝」，建立「李朝」；西南的「大理」則是先皇駕崩，新皇繼位。

以往的歷史、神怪或武俠小說，背景泰半以中原為主，我有意拓寬視野，把我的空拍機架在由小道士莫奈何駕駛的「奇肱國」飛車上，飛在天上看世界，因為《山海經》裡提到許多民族的起源，若能描繪出遼闊的空間感才符合《山海經》的風格。

只希望古老的經典能夠煥發出新的光彩，被人遺忘的神明能夠找到回家的路。

國家圖書館出版品預行編目(CIP)資料

大話山海經：顫抖神箭／郭箏著. -- 初版. --
　臺北市：遠流, 2018.09
　　面；　公分. -- (綠蠹魚；YLM23)
　ISBN 978-957-32-8326-3(平裝)

857.7　　　　　　　　　　　107010899

綠蠹魚叢書 YLM 23

大話山海經：顫抖神箭

作　者／郭　箏

總 編 輯／黃靜宜
執行主編／蔡昀臻
封面繪圖、設計／阿尼默
美術編輯／丘銳致
行銷企劃／叢昌瑜

發 行 人／王榮文
出版發行／遠流出版事業股份有限公司
地　　址：台北市 100 南昌路二段 81 號 6 樓
電　　話：(02) 2392-6899
傳　　真：(02) 2392-6658
郵政劃撥：0189456-1
著作權顧問／蕭雄淋律師
2018 年 9 月 1 日　初版一刷
定價 250 元